ANËT KUNDËRSHTARE

Anët kundërshtare

ALDIVAN TORRES

Canary Of Joy

CONTENTS

1- 1

1

Anët kundërshtare
Aldivan Torres
Anët kundërshtare

Autor: Aldivan Torres
©2017-Aldivan Torres
Të gjitha të drejtat e rezervuara

Ky libër, duke përfshirë të gjitha pjesët e tij, është i mbrojtur nga të drejtat e autorit dhe nuk mund të riprodhohet pa lejen e Autorit, rishitur ose transferuar.

Biografia e shkurtër: Aldivan Torres është një shkrimtar brazilian. Karriera e tij letrare filloi në fund të vitit 2011 me botimin e romancës së tij të parë. Për çfarëdo arsye, ai ndaloi së shkruari vetëm rifillimin e karrierës së tij në gjysmën e dytë të vitit 2013. Që atëherë, ai kurrë nuk u ndal. Ai shpreson se shkrimi i tij do të kontribuojë në kulturën braziliane, duke ngjallur kënaqësinë e leximit në ato që ende nuk e kanë zakon. Motoja e tij është "Për letërsinë, barazinë, vëllazërinë, drejtësinë, dinjitetin dhe qenien njerëzore nder përgjithmonë".

Dhe kur dridhja të rritet dhe të nxisë veshët; punonjësit po kërkonin pronarin dhe i thanë atij. "Zotëri, nuk ke mbjellë fara të mira në fushën tënde? Pronari tha: "Ishte armik i cili e ka bërë këtë." Ata thanë: "Mos e bëni atë për hedhjen e barit?" Ai tha:

"Mos e bëni atë, nëse e shkundi barin, ju merrni gjithashtu grurin dhe le të rritet së bashku deri në korrjen e korrjes, e kur unë i them barit të mbjellë, atëherë filloni me grurin dhe e lidh me grurin në hangar!"

    Një epokë e re
    Përgatitjet
    Mali i shenjtë
    Shtëpia
    Sfida e parë
    Sfida e dytë
    Fantazma e malit
    dite vendimtare
    Vajza e Ring
    Tremor
    Një ditë para sfidës së fundit
    Sfida e tretë
    Shpella e Dëshirat
    Mrekullia
    Po dalim nga shpella
    Bashkimi me mbrojtësin
    Duke u thënë lamtumirë malit
    Një udhëtim mbrapa në kohë

Një epokë e re

    Pas një përpjekje të dështuar për të botuar një libër, ndjej që fuqia ime e fuqisë restauruese dhe forcimin. Pas së gjithash, besoj në talentin tim dhe besoj se do të përmbush ëndrrat e mia. mësova se çdo gjë ndodh në kohën e saj dhe besoj se jam mjaft i pjekur për të kuptuar qëllimet e mia. Kur ne me të vërtetë duam diçka, bota komploton për ta bërë të ndodhë. Kjo është se si ndjehem: rinovuar me forcë. Duke i tërhequr mbrapa, mendoj për veprat që kam lexuar para shumë kohësh, gjë që më ka pasuruar kulturën dhe njohuritë e mia. Librat na sjellin në atmosferë dhe universe të panjohura. ndjej se duhet të jem pjesë e kësaj historie, historia e madhe që është letërsia. Nuk ka rëndësi nëse mbetem anonim apo bëhem autor i madh që njihet në të gjithë botën. Ajo që është e rëndësishme është kontributi që secili i jep këtij universi të madh.

Jam i lumtur për këtë qëndrim të ri dhe përgatitem të bëj një udhëtim të madh. Ky udhëtim do të ndryshojë fatin tim dhe gjithashtu fatin e atyre që kanë mundur ta lexojnë këtë libër. Le të shkojmë së bashku në këtë aventurë.

Përgatitjet

Paketoj valixhen time me objekte personale: disa rroba, disa libra të mira, kryqëzim tim të pandashëm dhe biblën dhe disa letra për të shkruar. Ndjej se do të fitoj shumë frymëzim nga ky udhëtim. kush e di, ndoshta do të bëhem autor i një historie të paharrueshme që shkon në histori. Para se të iki, megjithatë, duhet t'i jap lamtumirën të gjithëve (veçanërisht mamasë time). Ajo është tepër e mbrojtur dhe nuk do të më lejojë të shkoj pa një arsye të mirë ose të paktën me një premtim se do të kthehem së shpejti. Ndjehem se duhet, një ditë, t'i bëj një thirrje lirisë dhe fluturoj si zog që ka krijuar krahët e tij... dhe ajo duhet ta kuptojë këtë, sepse unë nuk i përkas asaj, por më shumë të universit që më mirëpriti pa kërkuar asgjë nga unë në këmbim. Është për universin që kam vendosur të bëhem shkrimtar dhe të përmbush rolin tim dhe të zhvilloj talentin tim. Kur të arrij në fund të rrugës dhe të kem bërë diçka nga vetja ime do të jem gati të hyj në komunikim me krijuesin dhe të mësoj një plan të ri. Jam i sigurt se do të kem edhe një rol të veçantë në të.

Kapa valixhen time dhe me këtë ndjej të ngrihem në trup. Pyetjet më kujtojnë dhe më shqetësojnë: si do të jetë ky udhëtim? a do të jetë e panjohur e rrezikshme? çfarë masash duhet të marr? Ajo që di është se do të mendohet të provokojë karriera time dhe jam i gatshëm ta bëj. E kap valixhen time (përsëri) dhe para se të largohem, unë kërkoj familjen time për të thënë lamtumirë. Mamaja ime është në kuzhinë duke përgatitur drekë me motrën time. I afrohem dhe i drejtohem çështjes vendimtare.

" E shikon këtë çantë? përveç teje e kam mik të sinqertë dhe jam i kënaqur që të mos i udhëzoj!" kërkoj urtësi, njohuri dhe kënaqësinë e profesionit tim. shpresoj që ju të dy ta kuptoni dhe ta aprovoni vendimin që kam marrë. eja, më jep një përqafim dhe urime të mira.

"Biri im, harro qëllimet e tua sepse janë të pamundura për njerëz si ne. Kam thënë njëmijë herë: Ti nuk do të jesh idhull apo diçka e ngjashme. Kuptoni "ti nuk ke lindur për t'u bërë njeri i madh", tha Julieta, nëna ime.

"Dëgjoje mamanë tonë. Ajo e di se për çfarë po flet dhe ka shumë të drejtë. ëndrra jote është e pamundur sepse ti nuk ke talent. pranoje se misioni juaj është vetëm të jetë një mësues matematike. Nuk do të shkosh më larg se aq. Dalva, Motra ime.

"Atëherë, pa përqafime? Pse nuk e besoni se mund të jem i suksesshëm? Ju garantoj, edhe nëse e kuptoj ëndrrën time, do të kem sukses sepse një njeri i madh është ai që beson në vetveten. Do të bëj këtë udhëtim dhe do të zbuloj gjithçka që ka për të zbuluar. Do jem i lumtur sepse lumturia përbëhet nga ndjekja e rrugës që Zoti na ndriçon të gjithëve, kështu që të bëhemi fitues.

Duke thënë se, unë drejtohem drejt derës me siguri se unë do të jem një fitues në këtë udhëtim: udhëtimi që do të më çojë në mënyra të panjohura.

Mali i shenjtë

Para shumë kohësh, dëgjova për një mal jashtëzakonisht jo të pranueshëm në zonën e Pesqueira. Kjo është pjesë e vargut malor të Ororubá emër vendas) ku banojnë njerëzit vendas të Xukuru. Thonë se kjo u bë e shenjtë pas vdekjes së një njeriu misterioz mjekësor nga fiset e xukuru. mund të bëjë çdo dëshirë realitet, për aq kohë sa qëllimi është i pastër dhe i sinqertë. Kjo është pika fillestare e udhëtimit tim objektivi i së cilës është të bëjë të pamundurën të mundur. I beson lexuesve? atëherë qëndro me mua duke i kushtuar vëmendje të veçantë tregimit.

Pas autostradës BR-232, duke arritur bashkinë e Pesqueira, afërsisht 15 milje larg qendrës, është Mimoso, një nga qarqet e saj. Një urë moderne e ndërtuar kohët e fundit, i jep qasje në mes maleve të Mimoso dhe Ororubá, i cili shkon në fund të luginës. mali i shenjtë është pikërisht në këtë pikë dhe këtu po vozis.

Mali i shenjtë ndodhet pranë qarkut dhe pas pak kohe do jem në këmbë. mendja ime endet nëpër hapësirë dhe kohë të largët duke imagjinuar situata dhe fenomene të panjohura. çfarë pret kur ngjitem në mal? Ata me siguri do të ringjallen dhe do të stimulojnë eksperienca. mali është me një statujë të shkurtër (2300 metra.) dhe me çdo hap ndjehem më i sigurt, por edhe me shpresë. kujtimet më kujtojnë përvojat intensive që kam jetuar gjatë 25 viteve. Në këtë periudhë të shkurtër, kishte shumë ndodhje fantastike që më bënë të besoja se isha i veçantë. Gradualisht, mund të ndaj këto kujtime me ty, lexuesit, pa faj. megjithatë, nuk është koha. Do të vazhdoj rrugën e malit në kërkim të dukura gjitha dëshirave të mia. Kjo është ajo që unë shpresoj dhe për herë të parë unë jam i lodhur. Kam udhëtuar gjysmën e rrugës. nuk ndjej lodhje fizike por kryesisht mendore për shkak të zërave të çuditshëm që më kërkojnë të kthehem. këmbëngulin pak. megjithatë, nuk dorëzohem lehtë. Dua të arrij majën e malit për çdo gjë që vlen. Mali merr frymë me ajrin e ndryshimit që i bëjnë qejfin atyre që besojnë në shenjtërinë e tij. Kur të arrij atje, Mendoj se do të di saktësisht se çfarë duhet të bëj për të arritur në rrugën që do të më çojë në këtë udhëtim që e kam pritur kaq gjatë. Unë mbaj besimin dhe qëllimet e mia sepse kam një Zot i cili është Zoti i të pamundurës. Vazhdojmë të ecim.

Kam kaluar 3 të katërtat e rrugës por ende po më ndjekin zërat. kush jam unë? Ku po shkoj? Pse ndjej që jeta ime do të ndryshojë në mënyrë dramatike pas përvojës në mal? përveç zërave, duket se jam vetëm në rrugë. A mund të jetë që shkrimtarët e tjerë kanë ndjerë të njëjtën gjë duke shkuar në rrugë të shenjta? mendoj se misticizmi im nuk do të jetë si ndonjë tjetër. duhet të vazhdoj, duhet të kaloj dhe t'i përballoj të gjitha pengesat. Gjembat që më plagosin trupin janë shumë të rrezikshëm për qeniet njerëzore. nëse do të mbijetoja në këtë rritje, do ta konsideroja veten fitues.

Hap pas hap, unë jam afër majës. Jam vetëm pak metra larg nga ajo. djersa që më shkon poshtë trupit duket të jetë e ngulitur me aroma të shenjta të malit. ndaloj për pak. a do të shqetësohen të dashurit e mi? epo, nuk ka rëndësi tani. duhet të mendoj për veten time, për momentin, që të arrij në majë të malit. E ardhmja ime varet nga kjo. edhe disa hapa dhe do arrij në majë. një erë e ftohtë fryn, zëra të torturuar arsyetimin tim dhe nuk ndihem mirë. zërat bërtasin:

"pastaj, pas kësaj, do të shpërblehet me shpërblim të merituar, " A është i denjë? " Si u ngjit në të gjithë malin? Jam i hutuar dhe i trullosur; nuk mendoj se jam mirë.

"Zogjtë qajnë, dhe rrezet e diellit ma ledhin fytyrën në tërësi. Ku jam? ndihem sikur të isha dehur një ditë më parë. përpiqem të ngrihem, por një krah më ndalon. shoh që në anën time është një grua e moshës së mesme, me flokë të kuqe dhe lëkurë të nxirë.

"kush je ti? çfarë më ndodhi? I gjithë trupi më dhemb. Mendja ime ndihet konfuze dhe e paqartë. a është në majë të malit duke shkaktuar gjithë këtë? mendoj se duhet të kisha qëndruar në shtëpinë time. ëndrrat e mia më kanë nxitur deri në këtë pikë. U ngjita në mal ngadalë, plot shpresë për një të ardhme më të mirë dhe një drejtim drejt rritjes personale. megjithatë, praktikisht nuk mund të lëviz. ma shpjego të gjithë këtë, të përgjërohem.

"Unë jam roja i malit. unë jam shpirti i tokës që fryn këtu dhe atë. Më dërguan këtu sepse ti fitove sfidën. Do që të realizohesh ëndrrat e tua? Do të ndihmoj ta bësh këtë, bijë e Zotit! Ke akoma shumë sfida për t'u përballur. Do të përgatis. mos ki frikë. zoti juaj është me ju. Pusho pak. Do kthehem me ushqim dhe ujë për të përmbushur nevojat e tua. Ndërkohë, qetësohu dhe meditim siç bën gjithmonë.

Duke thënë këtë, zonja u zhduk nga vizioni im. Ky imazh shqetësues më la më të shqetësuar dhe plot dyshime. çfarë sfidash duhet të fitoj? cilat hapa përbëhen këto sfida? maja e malit ishte me të vërtetë një vend shumë i bukur dhe i qetë. Nga lart, mund të shihet aglomerimi i vogël i shtëpive në Mimoso. Është një pllajë e mbushur me shtigje të forta plot me bimë në të gjitha anët. Ky vend i shenjtë, i paprekur nga natyra, a do të përmbushë vërtet planet e mia? do të më bënte shkrimtar kur të nisem? vetëm koha mund t'u përgjigjet këtyre pyetjeve. Që kur gruaja po merrte kohë, fillova të meditoja në majë të malit. Kam përdorur teknikën e mëposhtme: Së pari, e pastroj mendjen time (pa asnjë mendim). fillova të vij në harmoni me natyrën rreth meje, duke menduar për të gjithë vendin. Nga atje, filloj të kuptoj se unë jam pjesë e natyrës dhe se jemi plotësisht të ndërlidhur në një ritual të madh të komunikimit. Heshtja ime është heshtja e Nënës Natyrë; qaj ime është gjithashtu qaj e saj, Gradualisht, unë filloj të ndjej dëshirat dhe aspiratat e saj, dhe anasjelltas. Ndjej thirrjen e saj të shqetësuar për ndihmën që kërkonte jetën e saj për t'u shpëtuar nga shkatërrimi i njeriut: Shpërthimi, miniera të tepërta, gjuetia dhe peshkimi, emisioni i gazrave ndotëse në atmosferë dhe mizori të tjera njerëzore. Gjithashtu, ajo më dëgjon dhe më mbështet në të gjitha planet e mia. Jemi të ndërhyrë plotësisht në meditimin tim. E gjitha harmonia dhe pjesëmarrja më ka lënë të qetë dhe të përqendruar në dëshirat e mia. Derisa diçka ndryshoi: ndjeva të njëjtën prekje që më zgjoi dikur. I hapa sytë e mi, ngadalë, dhe pashë se unë isha ballë për ballë me të njëjtën grua që e quajti veten rojtari i malit të shenjtë.

" E shoh që e kupton sekretin e meditimit. mali të ka ndihmuar të zbulosh pak nga potenciali yt. Do të rritesh në shumë mënyra. Do të përqendruar ndihmoj gjatë këtij procesi. Së pari, unë ju kërkoj që të merrni natyrën për të gjetur mahi, lista dhe rreshta për të ngritur një kasolle, pastaj për të bërë një zjarr. nata po afrohet dhe duhet të mbrohesh kundër bishave të egra. Nesër do të raftesh mësoj mençurinë e pyllit, që të kapërcesh sfidën e vërtetë: shpella e dëshpërimit. vetëm zemra e pastër i mbijeton zjarrit të analizës së saj. Do që të realizohesh ëndrrat e tua? Atëherë paguaj çmimin për ta. universi nuk jep asgjë për të lirë për të gjithë. Jemi ne që duhet të jemi të denjë për të arritur suksesin. Ky është një mësim që duhet të mësosh, biri im.

" kuptoj. shpresoj të mësoj gjithçka që më duhet për të kapërcyer sfidën e shpellës. nuk e di se çfarë është por kam besim. nëse e kaloj malin, do të kem sukses në shpellë. Kur të largohem, mendoj se do jem gati të fitoj dhe të kem sukses.

"Prit, mos u bëj kaq i sigurt. Ti nuk e di se për çfarë po flas. E di se shumë luftëtarë janë provuar tashmë nga zjarri i tij dhe janë shkatërruar. Shpella nuk tregon mëshirë për askënd, as ëndërrimtarët. Ki durim dhe mëso çdo gjë që unë do të mësojë. Kështu do të jesh fitues i vërtetë. Mbani mend: Vetëbesimi ndihmon, por vetëm me sasinë e duhur.

" kuptoj. faleminderit për të gjitha këshillat. të premtoj se do ta ndjek deri në fund. Kur të më tërheqë dëshpërimi dyshimi, do të kujtoj veten për fjalët e tua dhe gjithashtu do të kujtoj veten time se Zoti im gjithmonë do të më shpëtojë. Kur nuk ka ikje në natën e errët të shpirtit unë nuk do të kem frikë. Do të mund ta mposht shpellën e dëshpërimit, shpellën që askush nuk ka ikur.

Gruaja i tha lamtumirë miqësisht premtimeve të rikthehen në një ditë tjetër.

Shtëpia

Shfaqet një ditë e re. Zogjtë e bufëve dhe këndoni këngët e tyre, era është verilindje dhe flladi i saj i freskon diellit që ngrihet fuqishëm në këtë kohë të vitit. Aktualisht, është dhjetori dhe për mua këtë muaj përfaqëson një nga muajt më të bukur pasi është fillimi i pushimeve shkollore. Është një pushim i merituar pas një viti të gjatë studimeve në një kurs universiteti të matematikës; momentin që mund të harrosh të gjitha integralet, derivatet dhe koordinatat polare. Tani unë kam nevojë të shqetësohem për të gjitha sfidat që jeta do të më godasë. ëndrrat e mia varen nga kjo. Shpina ime dhemb si rezultat i një nate të keqe të gjumit shtrirë në tokën e rrahur që kam përgatitur si shtrat. Shtëpia që ndërtova me përpjekje të pabesueshme dhe zjarri që ndeza më dha një sasi të caktuar sigurie natën. megjithatë, dëgjova ulëritën dhe hapat jashtë saj. Ku më kanë çuar ëndrrat e mia? Përgjigja është deri në fund të botës ku qytetërimi nuk ka arritur ende. çfarë do të bëje ti, lexues? Do rrezikoje edhe një udhëtim që të bësh ëndrrat e tua më të thella të realizohen? le të vazhdojmë tregimin.

"Mbështjella në mendimet e mia dhe pyetje, pak a e kuptova se, në anën time, ishte zonja e çuditshme që premtoi të më ndihmojë në rrugën time.

"fjete mirë?
"Nëse do të thotë që jam ende e plotë.
"para se të Mbështjella paralajmëroj se toka që shkel është e shenjtë. prandaj, mos u mashtro nga pamja ose nga impulsive. Sot është sfida jote e parë. Unë nuk do të sjellë më ushqim dhe ujë. dhe do t'i gjesh sipas llogarisë tënde. Ndiqe zemrën tënde në të gjitha situatat. duhet të tregosh që je i denjë.
""A ka ushqim dhe ujë në këtë vend dhe a duhet t'i mbledh? "zonjë, jam mësuar të bëj pazar në sipërmarrjet. E shikon këtë kasolle? Më ka kushtuar djersë dhe lutë dhe ende nuk mendoj se është e sigurt. pse nuk ma jep dhuratën që më duhet? Mendoj se jam i denjë që të jem i denjë që në momentin që u ngjita në atë mal të fortë.
"shiko për ushqim dhe ujë. mali është vetëm një hap në procesin e përmirësimit tuaj shpirtëror. akoma nuk je gati. duhet të lutë kujtoj që nuk i jap dhurata. Nuk kam fuqi për ta bërë këtë. unë jam vetëm shigjeta që tregon rrugën. shpella është ai që të plotëson dëshirat e tua. Quhet shpella e dëshpërimit te kërkuar nga ata ëndrrat e te cilëve janë bere e pamundur.
" Do të provoj. Nuk kam asgjë tjetër për të humbur. Shpella është shpresa ime e fundit për sukses.
Duke thënë këtë, unë ngrihem dhe filloj sfidën e parë. gruaja u zhduk si një tym.

Sfida e parë

Në shikim të parë, shoh se përpara meje është një shteg i rrahur. Fillova të eci. Në vend të furçës së fshehur plot me gjemba më të mirët do të ishte të ndiqnin gjurmët. Gurët që hapat e mi largohen duket se më tregojnë diçka. A do të jem në rrugën e drejtë? Mendoj për gjithçka që kam lënë pas në kërkim të ëndrrës time: Shtëpi, ushqim, rroba të pastra dhe librat e matematikës. A ja vlen vërtet? mendoj se do ta zbuloj.

(koha do të tregojë). gruaja e çuditshme duket se nuk më ka treguar gjithçka. Sa më shumë eci, aq më pak gjeta. maja nuk duket të jetë aq e gjerë tani që kisha ardhur. një dritë... shoh një dritë përpara. duhet të shkoj atje. Unë mbërrij në një qartësi të hapësirës ku rrezet e diellit reflektojnë qartë pamjen e malit. Gjurmët i afrohen fundi dhe rilindin në dy rrugë të ndryshme. Çfarë të bëj? Kam ecur për orë të tëra dhe forca ime duket se është shteruar. unë ulem një moment për të pushuar. Dy rrugë dhe dy zgjedhje. Sa herë në jetë jemi përballur me situata të tilla si kjo; sipërmarrësi që duhet të zgjedhë midis gruas së tij dhe të dashurës së tij; sidoqoftë, ka shumë situata të ndryshme në jetë. Avantazhi im është se zgjedhja ime do të ndikojë vetëm në veten time. duhet të ndjek intuitën time siç rekomandoi gruaja.

Ngrihem dhe zgjedh rrugën në të djathtë. bëj hapa të mëdhenj në këtë rrugë dhe nuk më duhet kohë për të parë një tjetër pastrim. Këtë herë, has një pishinë me ujë dhe disa kafshë përreth tij. ata freskohen veten në ujin e pastër dhe transparent. Si duhet të procedoj? Më në fund gjeta ujë, por është plot me kafshë. Unë konsultohem me zemrën time dhe thotë se të gjithë kanë të drejtë të ujit. Nuk munda t'i qëlloja dhe t'ua merrja edhe atyre. natyra jep një bollëk burimesh për mbijetesën e popullit të tij. Unë jam vetëm një nga fijet në ueb që ajo mban. Nuk jam më superior se pikën që e quaj veten zotëria i saj. Me duart e mia, arrij në ujë dhe e derdh në një vazo të vogël që e solla nga shtëpia. pjesa e parë e sfidës është përmbushur. tani duhet të gjej ushqim.

Vazhdoj të eci, në gjurmë, duke shpresuar të gjej diçka për të ngrënë. stomaku im groptët siç është kaluar tashmë mesditë. Fillova të shikoj anët e gjurmëve. Ndoshta ushqimi është brenda pyllit. Sa shpesh kërkojmë rrugën më të lehtë, por nuk është ajo që të çon drejt suksesit? (Nuk janë të gjithë ata që ndjekin gjurmët e tyre janë të parët që arrijnë majën e malit).

shkurtimet të çojnë tek objektivi yt. Me këtë mendim, do të lë gjurmët dhe menjëherë pasi të gjej një banane dhe një pemë arrash. nga ata do të marr ushqimin. duhet t'u ngjitem me të njëjtën forcë dhe besim të cilës u ngjita në mal. Provoj një, dy, tre herë. Patjetër. Do të kthehem tek kasollja tani sepse e kam përfunduar sfidën e parë.

Sfida e dytë

Arritja në kasollen time, gjeta rojtarin e malit i cili duket më i shkëlqyer se kurrë. sytë e saj nuk largohen kurrë nga të mitë. Unë mendoj se unë jam shumë i veçantë për Zotin. E ndjej prezencën e tij gjithë kohës. Më ringjall në çdo mënyrë. Kur isha i papunë, ai hapi një derë, kur nuk kisha mundësi të rritej profesionalisht, më dha rrugë të reja, kur në kohë të krizës, ai më liroi nga detyrat e djallit. Gjithsesi, ajo pamje e miratimit nga gruaja e çuditshme më kujtoi burrin që isha deri kohët e fundit. Qëllimi im i tanishëm ishte të fitoja pavarësisht nga pengesat që unë kisha për të kapërcyer.

"Pra, ti fitove sfidën e parë. të uroj. (Kjo është) shpallja! Sfida e parë që synon të eksplorojë diturinë tuaj dhe aftësinë tuaj për të marrë vendime dhe për të ndarë. Dy rrugët përfaqësojnë, që sundojnë universin (të mirë dhe të keqen). Një qenie njerëzore është plotësisht e lirë të zgjedhë secilën rrugë. Kush udhëzon në rrugën e drejtë, ai është udhëzuar (për dobi të vet), e ai që i druan Perëndisë, të gjithë (vetëm) në rrugën e drejtë. Kjo ishte rruga që zgjodhe. Megjithatë, kjo nuk është një rrugë e lehtë. Shpesh, dyshimet do të sulmojnë dhe do të pyesin nëse kjo rrugë vlen. Populli i botës do të jetë gjithmonë i lënduar dhe do të përfitojë nga vullneti yt i mirë. për më tepër, besimi që ju keni vënë në të tjerët do të zhgënjejë gjithmonë. Kur të mërzitesh, kujtohu se Zoti yt është i fuqishëm dhe nuk do të braktisë. Le të mos entuziazmojë ty pasuria e tyre, e as dëshira (e tepruar) të janë kthyer nga vetja (e bërë nga e keqja). ti je i veçantë dhe për shkak të vlerës tënde, zoti të konsideron djalin e tij. kurrë mos u rrëzo nga kjo mirësi. E, majtë, u takon atyre që i përulen Zotit, duke qenë në të djathtë (në rrugën e Zotit). të gjithë ne kemi lindur me një mision hyjnor. Megjithatë, disa devijojnë nga ajo me materializëm, ndikime të këqija, korrupsioni i zemrës. Ata që zgjedhin rrugën në të majtë nuk përfundojnë me një të ardhme të këndshme, Krishti na mësoi. çdo pemë që nuk jep frute dhe ai dëshiron të jetë i mbështjellë në të cilën ditë i errët. ky është fati i njerëzve të këqij sepse zoti është i drejtë. atëherë kur gjete vrimën e ujit dhe ato kafshët për të ardhur keq, zemra jote fliste më fort. Dëgjoje gjithmonë dhe do të shkosh shumë. Dhurata e ndarjes së shkëlqimit ndaj teje në atë moment dhe rritja jote shpirtërore ishte e habitshme. mençuria që ju keni ndihmuar për të gjetur ushqim. Rruga më e lehtë nuk është gjithmonë e duhura për t'u ndjekur. Mendoj se tani je gati për sfidën e dytë. për tre ditë, do të dalësh nga kasollja dhe do të kërkosh një fakt. sillu sipas ndërgjegjes. Nëse kalon, do të kalosh në sfidën e tretë dhe finale.

"Faleminderit që më shoqërove gjatë gjithë kohës. Nuk e di se çfarë më pret në shpellë dhe nuk e di se çfarë do më ndodhë mua. kontributi yt është shumë i rëndësishëm për mua. Që kur u ngjita në mal, ndjej se jeta ime ka ndryshuar. Unë jam më i qetë dhe i sigurt për atë që dua. Do ta përfundoj sfidën e dytë.

" Shumë mirë. Do të shihemi pas tre ditësh.

Duke thënë këtë, zonja u zhduk edhe një herë. Ajo më la vetëm në qetësinë e mbrëmjes së bashku me , mushkonjat dhe insektet e tjera.

Fantazma e malit

Nata bie mbi mal. ndez një zjarr dhe më plas zemrën. Kanë kaluar dy ditë që kur u ngjita në mal dhe më duket si një e huaj për mua. mendimet e mia enden dhe tokë në fëmijërinë time: shakatë, frikët, tragjeditë. Mbaj mend mirë ditën kur u vesha si indian. Tani, isha në mal i shenjtë, pikërisht për shkak të vdekjes së një njeriu misterioz indigjenet (Meditimi). Duhet të mendoj diçka tjetër për frikën po ngrin shpirtin tim. Zhurma të vdekura rrethojnë kasollen time dhe nuk e kam idenë se çfarë apo kush janë. si e kapërcen frikën e tij në një rast të tillë? m'ua përgjigj lexuesit sepse nuk e di. Mali akoma nuk është i njohur për mua.

Zhurma po lëviz më afër dhe nuk kam ku të iki. Lënë kasollen do të ishte budallallëk sepse mund të gëlltis nga bisha të egra. duhet të përballem me çfarëdo qoftë. Zhurma pushon dhe shfaqet drita. më frikëson më shumë. Me një nxitim guximi, unë bërtas:

"në emër të zotit, kush është aty?

Një zë, përgjigjet:

"Jam luftëtari trim që shpella e dëshpërimit ka shkatërruar. hiq dorë nga ëndrra jote ose do kesh të njëjtin fat. isha një njeri i vogël, vendas nga një fshat brenda kombit xukuru. Unë aspirova të jem shefi i fisit tim dhe të jem më i fortë se luani. kështu që pashë malin e shenjtë që të realizoja qëllimet e mia. fitova tre sfidat që rojtari i malit më detyroi. Kur u futa në shpellë, unë gëlltita nga zjarri i tij i cili më shkatërroi zemrën dhe qëllimin tim. Sot, shpirti im vuan dhe është i bllokuar pashpresë në këtë mal. Më dëgjo ose do të kesh të njëjtin fat.

"Zëri im ngriu në fyt dhe për një moment nuk mund t'i përgjigjem shpirtit të torturuar. Ai kishte lënë strehim, ushqim, një mjedis të ngrohtë familjar. kisha dy sfida të mbetura në shpellë, shpella që mund ta bënte të pamundurën të realizohej. nuk do të dorëzohesha lehtë në ëndrrën time.

"Më dëgjo, luftëtar trim. shpella nuk bën mrekulli të vogla. nëse jam këtu, është për një arsye fisnike. Unë nuk parashikoj mallra materiale. ëndrra ime shkon përtej kësaj. Do të doja të zhvillohesha profesionalisht dhe shpirtërisht. Shkurt, dua të punoj në atë që kënaqem, të fitoj para me përgjegjësi dhe të kontribuoj me talentin tim për një univers më të mirë. nuk heq dorë nga ëndrra ime aq lehtë.

fantazma u përgjigj:

"Ti e njeh shpellën dhe kurthet e tij? Ti je vetëm një njeri i varfër i cili nuk është në dijeni të rrezikut ekstrem brenda rrugës ai është duke ndjekur. gardiani është një sharlatan që të mashtron. Ajo do të qëllimin shkatërrojë.

këmbëngulja e fantazmës më mërziti. mos më njihte rastësisht? zoti, në mëshirën e tij, nuk do lejojë që dështimi im. zoti dhe virgjëresha Maria ishin gjithmonë në anën time. prova e kësaj ishte paraqitja e ndryshme e virgjëreshës gjatë gjithë jetës sime. Në "Vizionin e një të mesme" (një libër që nuk e kam publikuar ende) një skenë është përshkruar ku unë jam ulur në një stol në një shesh në shesh, zogj dhe era më acarojnë mua, dhe unë jam në mendim të thellë rreth botës dhe jetës në përgjithësi. papritmas, u shfaq figura e një gruaje që më pa parë mua pyeti:

"beson në zot, birin tim?

Unë menjëherë u përgjigja:

"dhe se unë jam i kënaqur me atë që ju kam dhënë.

"në mënyrë të menjëhershme, ajo vendosi dorën e saj në kokën time dhe u lut:

"zoti i lavdisë ju mbulon me dritë dhe ju dhuron shumë dhurata.

Duke thënë këtë, ajo iku, dhe kur e kuptova, nuk ishte më pranë meje. Ajo thjesht u zhduk.

Ishte shfaqja e parë e virgjëreshës në jetën time. Përsëri, maskimin e veten si një lypës, ajo erdhi deri te unë duke kërkuar disa ndryshime. Ajo tha se ishte fermer dhe nuk ishte pensionuar. Gati, i dhashë disa monedha që kisha në xhep. Me marrjen e parave, më falënderoi dhe kur e kuptova, ajo ishte zhdukur. Në mal, në atë moment, unë nuk kisha dyshimin më të vogël se Perëndia më donte mua dhe se ai ishte pranë meje. prandaj, unë iu përgjigja fantazmës me një vrazhdësi të caktuar.

Nuk do ta dëgjoj këshillën tënde. Unë i di kufijtë dhe besimin tim. Largohu! shko përndjek ndonjë shtëpi ose diçka. Më lër rehat!

u fikën dritat dhe dëgjova zhurmën e hapave që largohen Shtëpia. Unë isha i lirë nga fantazma.

dite vendimtare

Tre ditët kaluan që nga sfida e dytë. Ishte e premte në mëngjes, e qartë, me diell dhe me diell. Po mendoja për horizontin këtë mëngjes kur gruaja e çuditshme afruar.

" A je gati? shikoni për një ngjarje të pazakontë në pyll dhe veproni sipas parimeve tuaja. Ky është testi i dytë.

" Në rregull, për tre ditë kam pritur këtë moment. mendoj se jam i përgatitur.

Me ngut, unë drejtohem në shtegun më të afërt që i jep qasje në pyll. hapat e mi ndoqën në një lloj të një ki muzikore. Cila ishte sfida e dytë? Ankthi më kapi dhe hapat e mi përshpejtuar në kërkim të një objektivi të panjohur. mu përpara u shfaq një pastrim në gjurmët ku u zhytën dhe u nda. Por kur shkova atje, për surprizën time, dyzimi kishte ikur dhe unë në vend të kësaj po e shihja skenën e mëposhtme: një djalë, duke qarë me zë të lartë. Emocion mori kontrollin e mua në praninë e padrejtësisë dhe kështu unë thirra:

" Lëshoje djalin! ai është më i vogël se ti dhe nuk mund ta mbrojë veten.

" Nuk do ta bëj! po e trajtoj kështu sepse ai nuk do të punojë.

" ti përbindësh! Djemtë e vegjël nuk duhet të punojnë. ata duhet të studiojnë dhe të arsimohen mirë. lirojeni!

"kush do të më detyrojë, ti?

Jam krejtësisht kundër dhunës por në këtë moment zemra ime më kërkoi të reagoj para kësaj pjese të plehrave. fëmija duhet të lirohet.

Me kujdes, e largova djalin nga brutal dhe pastaj filloi ta rrah atë njeri. bastardi reagoi dhe më hodhi ca trup. Njëri nga ata më goditi nga krahu. Bota rrotullohet dhe një erë e fortë, që penetron pushtuan të gjithë qenien time: re e bardhë dhe blu dhe blu bashkë me zogj të shpejtë pushtuan mendjen time. në një moment, dukej sikur i gjithë trupi im po lundronte në qiell. Një zë i fikët më telefonoi nga larg. Në një moment ishte sikur të kaloja nëpër dyer, njëra pas tjetrës si pengesa. dyert ishin të mbyllura dhe u deshën një sasi të konsiderueshme përpjekjesh për t'i hapur ato. Çdo derë ka dhënë qasje në sallone ose strehë, alternative. Në dhomën e parë kam gjetur të rinj veshur në të bardhë, u mblodhën rreth një tryezë, në të cilën, në qendër, ishte një bibël e hapur. Këto ishin virgjëreshat e zgjodha për të mbretëruar në botën e ardhshme. Nje forcë më shtyu jashtë dhomës dhe kur hapa derën e dytë përfundova në shenjtore të parë. Në skaj të altarit, shkopinjtë e temjanit me kërkesat e të varfërve të Brazilit janë djegur. Nga ana e djathtë, një prift u lut me zë të lartë dhe papritmas filloi të përsëritet: shiko! shiko! E kur i shihnin dy femra me këmisha të bardha (të kuqe) të femrave, atëherë ishin dy gra të bardha. – Atyre u është shkruar: "Ëndërro të bukura, dhe të habitshme! Gjithçka filloi të errësohet, dhe kur i mora qeniet e mia u zvarritur dhunshëm dhe me aq shpejtësi saqë më la pak të trullosur. Hapa derën e tretë dhe këtë herë gjeti një takim të njerëzve: një prift, një prift, një mysliman, një shpirt, një hebre dhe përfaqësues i feve afrikane. Ata u rregulluan në një rreth dhe në qendër ishte një zjarr dhe flakët e tij përshkruan emrin, "Bashkimi i njerëzve dhe shtigjet tek Zoti." Në fund, ata u përqafuan dhe më thirrën tek grupi. Zjarri u largua nga qendra, u ul në dorën time dhe e tërhoqi fjalën "nxënës." Zjarri ishte i pastër dhe nuk u dogj. grupi u nda, zjarri doli jashtë dhe përsëri u shtyva nga dhoma ku hapa derën e katërt. shenjtori i dytë ishte krejtësisht bosh dhe unë iu afrova altarit. Dorëzova letrën dhe e vura në këmbët e imazhit. Zëri që ishte shumë larg gradualisht u bë më i qartë dhe i mprehtë. e lashë shenjtërinë, hapa derën dhe më në fund u zgjova. në anën time ishte rojtari i malit.

"Dhe ju, me të vërtetë, jeni zgjuar! urime! Ti fitove sfidën. Sfida e dytë që synon të eksplorojë aftësinë tuaj për vetëvrasje dhe veprim. Dy rrugët që përfaqësonin janë bërë e tillë dhe kjo do të thotë se duhet të udhëtosh në anën e djathtë pa harruar njohuritë që do të kesh kur të takohesh me të majtën. qëndrimi yt e shpëtoi fëmijën pavarësisht faktit se nuk i duhej. Kjo skenë ishte projeksioni im mendor që të vlerësoja. bëre një rrugë të drejtë. Shumica e njerëzve kur përballen me skenat e padrejtësisë preferojnë të mos ndërhyjnë. Ormisemi është mëkat i madh, dhe personi bëhet bashkëpunëtor i kriminelëve. Ti dhe veten, ashtu siç bëri Krishti Jehu për ne. Ky është një mësim që do marrësh me vete gjatë gjithë jetës tënde.

"Gjithmonë do të isha në favor të atyre që janë përjashtuar. Ajo që më hahet është eksperienca shpirtërore që kisha më parë. Çfarë do të thotë? mund të ma shpjegosh, të lutem?

"Ne kemi mundësi të depërtojmë në gjithë botën tjetër vetëm se njëra prej tyre. Ky është ai që quhet udhëtim astral. ka disa ekspertë në lidhje me këtë çështje. Ajo që pe, është e lidhur me të ardhmen e dikujt tënd, ose me të ardhmen e dikujt tjetër.

" kuptoj. u ngjita në mal, përfundova dy sfidat e para dhe duhet të jem duke u rritur shpirtërisht. mendoj se së shpejti do jem gati të përballem me shpellën e dëshpërimit. Shpella që bën mrekullia dhe i bën ëndrrat më të thella.

"Duhet ta kryesh të tretin dhe do të mrekullia them unë se çfarë është nesër. prit për udhëzime.

" po, gjeneral. Do të pres me padurim. Ky fëmija i Zotit, siç më thirre, është shumë i uritur dhe do të përgatisë një supë për më vonë. jeni të ftuar, zonjë.

" Mrekulli. Më pëlqen supa. Do ta përdor këtë në avantazhin tim që të mrekullia njoh më mirë.

Zonja e çuditshme u largua dhe më la vetëm me mendimet e mia. shkova të kërkoja përbërësit për supën.

Yajza e Ring

Mali ishte bërë i errët kur supa ishte gati. era e ftohtë e natës dhe qarja e insekteve e bën mjedisin më rural. zonja e çuditshme nuk ka ardhur ende në kasolle. shpresoj të kem gjithçka në rregull kur të vijë. E shijoj supën: ishte e mirë edhe pse nuk i kisha të gjitha erërat e nevojshme. Unë jam jashtë kasolles për pak kohë dhe mendoj për qiellin: yjet janë dëshmitarë të përpjekjeve të mia. Shkova në mal, gjeta rojtarin e tij, përfundoi dy sfida (një më të vështirë se tjetra), takoi një fantazmë dhe ende po qëndroj. "të varfëritë përpiqen më shumë për ëndrrat e tyre." unë shoh rregullimin e yjeve dhe shkëlqimin e tyre. Secili ka rëndësinë e vet në universin e madh ku jetojmë. Njerëzit janë gjithashtu të rëndësishëm në të njëjtën mënyrë. Ata janë të bardhë, të zi, të pasur, të varfër, të varfër, apo fetë B ose të çdo sistemi besimi. të gjithë janë fëmijë me të njëjtin baba. Dua gjithashtu të zë vendin tim në këtë univers. Unë jam një mendim pa kufij. Mendoj se ëndrra është e çmuar, por jam i gatshëm të paguaj për të për të hyrë në shpellën e dëshpërimit. Unë mendoj qiejt edhe një herë dhe pastaj të kthehem në kasolle. Nuk u habita të gjeja roje atje.

"ke shumë kohë që je këtu? nuk e kisha kuptuar.

"Ti ishe shumë i përqendruar në mendimet e qiejve e të mos e thyej magjinë e momentit. Përveç kësaj, ndihem si në shtëpi.

" Shumë mirë. Ulu në këtë stol të improvizuar që kam bërë. unë do të shërbej supën.

Me supën ende të nxehtë, i shërbeva zonjës së çuditshme në një gotë që gjeta në pyll. era pëshpëriti në fytyrën time dhe pëshpëriti fjalë në veshin tim. kush ishte ajo zonja e çuditshme që po shërbeja? pyes veten nëse ajo donte vërtet të më shkatërronte, siç u tha fantazma. kisha shumë dyshime për të dhe kjo ishte një mundësi e madhe për t'i pastruar ato.

"A është supa e mirë? E kam përgatitur me kujdes të madh.

" Është e mrekullueshme! Çfarë përdore për ta përgatitur?

"Ajo është krejt i ashpra, Po tallem! bleva një zog nga një gjuetar dhe përdora ca sezone natyrale nga pylli. Por, të ndryshosh temën, kush je në të vërtetë?

tregon mikpritje të mirë për të folur për veten e vet. Kanë kaluar katër ditë që kur ke ardhur këtu në majë të malit dhe nuk jam i sigurt si quhesh.

" Shumë mirë. por është histori e gjatë. bëhu gati. Emri im është Aldivan Teixeira Tôrres dhe mësoj nivelin e matematikës. Dy pasionet e mia të mëdha janë letërsia dhe matematika. Gjithmonë kam qenë dashnor i librave dhe që kur isha shumë i vogël, kam dashur të shkruaj një nga të mitë. Kur isha në vitin e parë të shkollës së mesme mblodha disa pjesë nga librat e kishtare, mençurisë dhe fjalë të urta. Isha shumë i lumtur pavarësisht mesazheve që nuk ishin të miat. U tregova të gjithëve, me krenari të madhe. mbarova shkollën e mesme, mora një kurs kompjuteri dhe ndalova së studiuari për ca kohë. Pas kësaj kam provuar një kurs teknik në një kolegj lokal. megjithatë, kuptova se nuk ishte fusha ime me një shenjë fati. Isha përgatitur për një praktikë në këtë zonë. Megjithatë, një ditë para testit një forcë e çuditshme kërkoi vazhdimisht për mua të heq dorë. Sa më shumë kohë të kalojë, aq më shumë presion që ndjeva nga kjo forcë derisa nuk vendosa të bëja testin. presioni u tërhoq dhe zemra ime u qetësua. Mendoj se ishte fati që të mos shkoja. Duhet të respektojmë limitet tona. Unë bëra një seri propozimesh, u miratua dhe aktualisht e mbajta rolin e asistentit administrativ të arsimit. Tre vjet më parë, mora një shenjë tjetër të fatit. pata disa probleme dhe përfundova duke pësuar një krizë nervore. fillova pastaj të shkruaja dhe pas pak më ndihmoi të përmirësohem. Rezultati ishte libri "Vizioni i një të mesme" të cilin nuk e kam botuar ende. E gjithë kjo më tregoi se isha në gjendje të shkruaja dhe të kisha një profesion dinjitar. Kjo është ajo që mendoj: Dua të punoj të bëj atë që dua dhe dua të jem i lumtur. a është kjo e tepërt për një person të varfër që të pyesë?

"Sigurisht që jo, Aldivan. Ti ke talent dhe kjo është e rrallë në këtë botë. në kohën e duhur, do të kesh sukses. Ata që besojnë në ëndërrta e tyre.

" po, besoj. Prandaj jam këtu në mes të askund it ku mallrat e qytetërimit nuk kanë arritur ende. Gjeta një mënyrë për të ngjitur malin, për të kapërcyer sfidat. E vetmja gjë që më ka mbetur tani është të hyj në shpellë dhe të kryej ëndrrat e mia.

" Jam këtu për të askund it ndihmuar. Kam qenë rojtari i malit që kur u bë i shenjtë. Misioni im është të ndihmoj të gjithë ëndërruesit që kërkojnë shpellën e dëshpërimit. Disa kërkojnë të bëjnë ëndrra materiale të vërteta si paratë, fuqia, optacioni social apo ëndrra të tjera egoiste. Të gjithë kanë dështuar deri tani, dhe ata nuk kanë qenë të paktë. Shpella është e kënaqur me atë që ka dashur.

Biseda vazhdoi në një mënyrë të gjallë për disa kohë. Po humbas interesin në të si një zë i çuditshëm më thirri nga Shtëpia. Çdo herë që ky zë më quante mua u ndjeva i detyruar të dilja nga kuriozitetit. Duhet të shkoja. Doja të dija se çfarë do të thoshte ai zë i çuditshëm në mendimet e mia. me kujdes, i thashë lamtumire gruas dhe vendosi ne drejtim te treguar nga zëri. Çfarë më pret? Le të vazhdojmë bashkë, lexues.

Nata ishte e ftohtë dhe zëri këmbëngulës mbeti në mendjen time. kishte një lidhje të çuditshme mes nesh. Unë tashmë kishte ecur disa metra jashtë kasolle, por ajo dukej të jetë milje nga lodhje që trupi im ishte ndjenjë. udhëzimet që më kanë marrë mendërisht në errësirë. Një përzierje e lodhshme, frika e të panjohurave dhe kuriozitetit më kontrolloi. zëri i kujt ishte ky? çfarë donte ajo nga unë? mali dhe sekretet e tij... Që kur e njoha malin, kam mësuar ta respektoj. Gardiani dhe misteret e saj, sfidat me të cilat duhet të përballem, takimi me fantazmën; të gjitha u bënë të veçantë. nuk ishte më e larta në verilindje apo edhe më mbresëlënëse, por ishte e shenjtë. Mitet e njeriut të mjekësisë dhe ëndrrat e mia më kanë çuar në të. Dua të fitoj të gjitha sfidat, të hyj në shpellë dhe të bëj kërkesën time. Do të jem një njeri i ndryshuar. Nuk do jem më vetëm unë, por do jem njeriu që kapërceu shpellën dhe zjarri. i mbaj mend mirë fjalët e gardianit, mos i beso shumë. mbaj mend fjalët e Krishtit që tha:

Dhe kush beson në mua, do të jetë i përjetshëm, rreziqet e përfshira nuk do më bëjnë të heq dorë nga ëndrrat e mia. është me këtë mendim se unë jam më besnik. Zëri bëhet më i fortë dhe më i fortë. mendoj se po arrij në rrugë tim. Përpara, shoh një Shtëpia. zëri më thotë të shkoj atje.

Shtëpia dhe flakët e saj ndriçues janë në një vend të gjerë dhe të rrafshët. Një e re, e gjatë, e hollë me flokë të errët po pjek një lloj ushqimi në zjarr.

" Pra, arrite. E dija që do përgjigjeshe në telefonatën time.

"kush je ti? Çfarë do nga unë?

"Jam një tjetër ëndërrimtar që dëshiron të hyjë në shpellë.

"Çfarë fuqie të veçanta duhet të më thërrasësh me mendjen tënde?

" Është telepati, budallallëk. nuk je i njohur me të?

"Kam dëgjuar për të. Mund të më mësosh?

"Do të mësosh një ditë, por jo nga unë. Më thuaj, çfarë ëndrre të solli këtu?

"Para të gjithave, emri im është Aldivan. u ngjita në mal me shpresën që të gjeja anët e mia. ata do ta përcaktojnë fatin tim. Kur dikush mund të kontrollojë Anën e tyre të kundërt, ata do të jenë në gjendje të kryejnë mrekulli. Kjo është ajo që më duhet të arrij ëndrrën time për të punuar në një zonë që më pëlqen dhe me këtë do të bëj shumë shpirtra ëndërro. Dua të shkoj në shpellë jo vetëm për mua, por për të gjithë universin që më ka dhënë këto dhurata. Do kem vendin tim në botë dhe kështu do jem i lumtur.

" Emri im është Nadja. unë jam banor i bregut të Brazilian. Në tokën time kam dëgjuar për këtë malin e mrekullueshëm dhe shpellën e tij. Menjëherë isha i interesuar të bëja udhëtimin këtu edhe pse mendoja se gjithçka ishte thjesht një legjendë. mblodha gjërat e mia, majtas, mbërrita në Mimoso dhe shkova në mal. Tani që jam këtu do të shkoj në shpellë dhe do të përmbush dëshirën time. Do të jem një perëndeshë e madhe, e stolisur me pushtet dhe pasuri. Të gjithë do të më shërbejnë. Ëndrra jote është budallallëk. pse të kërkojmë pak nëse mund të kemi botën?

"Ti je i humbur. shpella nuk bën mrekulli të vogla. Do të dështosh. ai nuk ju lejon të hyni. Për të hyrë në shpellë, duhet të fitosh tre sfida. unë tashmë i kam pushtuar dy skena. Sa ke fituar?

sa i shëmtuar është gjykimi ti dhe thërrmua janë nga të dërguarit. Shpella respekton vetëm më të fortin dhe më të bindurit. Nesër do të arrij dëshirat e mia dhe askush nuk do të më ndalojë, më dëgjon?

"Ti e di më së miri gjenden e atij që është në qiej e tokë. kur të pendohesh, do të jetë shumë vonë. Epo, mendoj se do të shkoj. Më duhet të pushoj, sepse është vonë. Sa për ju, nuk mund të ju uroj fat të mirë në shpellë sepse ju doni të jeni më të mirë se vetë Zoti. Kur njerëzit arrijnë në këtë pikë, ata shkatërrojnë veten.

" Gjepura, ju jeni të gjitha fjalë. asgjë nuk do të më kthejë në vendimin tim.

Duke parë se ishte e patundur e vendosur që hoqa dorë, ndjeva keqardhje për të. Si mundet njerëzit të bëhen kaq të vegjël ndonjëherë? Njeriu nuk i takon tjetër pos kurbanit, kurse ai lufton vetëm për punë të mira dhe gjuhë korbë. Duke ecur në gjurmë, kujtova se kohët kur isha bërë padrejtë nëse ishte nga një ekzaminim i keq i shënuar apo edhe nga neglizhenca e të tjerëve. më bën të palumtur. Mbi të gjitha, familja ime është krejtësisht kundër ëndrrës sime dhe nuk beson në mua. Më dhemb. një ditë ata do të shohin arsye dhe do të shohin se ëndrrat mund të jenë të mundur. Atë ditë, pasi të bëhet e gjitha, do të këndoj fitoren time dhe do ta madhëroj Krijuesin. Më dha gjithçka dhe më kërkoi vetëm që të ndaja dhuratat e mia sepse, siç thotë Bibla, mos e ndez llambën dhe ta vendosja nën tavolinë. Përkundrazi vendose sipër që të duartrokasin dhe të na ndriçonin. Gjurmët e gjurmëve dhe menjëherë shoh Shtëpia që më ka kushtuar shumë djersë për të ndërtuar. Duhet të fle, sepse nesër është një ditë tjetër dhe kam plane për mua dhe për botën. Natën e mirë, lexues. Deri në kapitullin tjetër...

Tremor

Një ditë e re fillon. Drita duket, flladi i kremtimit të mëngjesit, flokët dhe insektet po bëjnë një festim, dhe vegjetacioni duket se rilind. ndodh çdo ditë. Pastroj sytë, laj fytyrën time, laj dhëmbët dhe laj një banjë. Kjo është rutina ime para se të ha mëngjes. pylli nuk ofron as avantazhe as opsione. Nuk jam mësuar me këtë. nëna më prishi deri në pikën e më shërbeu kafe. ha mëngjes në heshtje, por diçka peshon në mendjen time. Cila do të jetë sfida e tretë dhe e fundit? Çfarë do të më ndodhë mua në shpellë? Ka shumë pyetje pa përgjigje, që më trullos. mëngjesi ecën dhe me të kështu bëjnë pallatet e mia, frikë dhe dridhjet. kush isha unë tani? sigurisht jo njësoj. Shkova në një mal të shenjtë duke kërkuar për një fat që nuk e dija. Gjeta rojën dhe zbulova vlera të reja dhe një botë më të madhe se sa kisha imagjinuar më parë. fitova dy sfida dhe tani mu desh të përballesha me të tretën. një sfidë e tretë e ftohtë që ishte e largët dhe e panjohur. gjethet rreth Shtëpiash lëvizin ndonjëherë "ne mënyrë-pak. Kam mësuar të kuptoj natyrën dhe sinjalet e saj. dikush po afrohet.

" përshëndetje! aty je?

Unë kërceva, ndryshoi drejtimin e shikimit tim dhe e parashikova figurën misterioze të gardianit. Ajo duket e lumtur dhe madje rozë pavarësisht nga mosha e saj.

" Jam këtu, siç e sheh. Çfarë lajmesh ke sjellë për mua?

"Siç e dini, sot erdha të shpall sfidën tënde të tretë dhe finale. Do të mbahet në ditën e shtatë këtu në mal sepse ajo është koha maksimale që një i vdekshëm mund të qëndrojë këtu. Është e thjeshtë dhe e përbëhet nga më pas: Vriteni njeriun ose bishën të cilën po e shihni kur të dilni nga kasollja në të njëjtën ditë. Përndryshe, ti nuk do të futesh kurrë në shpellë, e cila të jep dëshirën e vet. si thua? nuk është e lehtë?

" Si kështu? Vrasje? mos të dukem gjë si vrasës?

"Kjo është mënyra e vetme për të hyrë në shpellë. Përgatitu, sepse janë vetëm dy ditë dhe...

Një tërmet me një mahniture 3.7 në shkallën Riter trondit të gjithë majën e malit. tronditja më trillon dhe mendoj se do të më bjerë mendja. Gjithnjë e më shumë mendime më shumë. ndjej fuqinë time të varfëruar dhe të ndjej pranga që me forcë më sigurojnë duart dhe këmbët e mia. Për një shkëndijë, e shoh veten si skllav, që punoj në fusha të dominuar nga mjeshtret. I shoh prangat, gjakun dhe dëgjoj të qarat e miqve të mi. Shoh pasurinë, krenarinë dhe tradhtinë e kolonelëve. Unë gjithashtu shoh britmën e lirisë dhe drejtësisë për të shtypurit. Oh, si bota është e padrejtë! Ndërsa disa fitojnë të tjerë mbeten të kalben, të harruar. prangat thyejnë. Jam pjesërisht i lirë. Jam ende i diskriminuar ndaj urrejtjes dhe padrejtësisë. Ende shoh të keqen e njerëzve të bardhë që më quajnë zezak. Akoma ndihem inferior. përsëri, dëgjoj të qarat e të ulëta por tani zëri është i qartë, i mprehtë dhe i njohur. dridhja zhduket dhe pak nga pak unë rifitoj vetëdijen. dikush më ngriti. ende pak i çuditshëm, bërtas:

" Çfarë ndodhi?

Gardiani, me lot, nuk duket të gjejë një përgjigje.

"Biri im, shpella sapo shkatërroi një tjetër shpirt. Ju lutemi fitoni sfidën e tretë dhe mposhtni këtë mallkim. universi po komploton për fitoren tënde.

"Nuk di si të fitoj. vetëm drita e krijuesit mund të ndriçojë mendimet dhe veprimet e mia. të garantoj: nuk do të heq dorë lehtë nga ëndrrat e mia.

"Kam besim tek ti dhe në edukimin që ke marrë. paç fat, biri i zotit! Shihemi së shpejti!

Duke thënë se, zonja e çuditshme u largua dhe u shkri në një puf tym. Tani isha vetëm dhe duhej të përgatitesha për sfidën finale.

Një ditë para sfidës së fundit

kanë kaluar gjashtë ditë që kur u ngjita në mal. Tërë kohën e sfidave dhe përvojave më kanë bërë të rritem shumë. mund ta kuptoj më lehtë natyrën, veten dhe të tjerët. natyra marshon në ritmin e vet dhe është kundër pretendimeve të qenieve njerëzore. Ne shpyllëzojmë pyjet, ndotim ujerat dhe nxjerrim gazet në atmosferë. Çfarë nxjerrim nga kjo? Çfarë ka rëndësi për ne, para apo mbijetesën tonë? pasojat janë atje: ngrohja globale, reduktimi i florës dhe faunës, fatkeqësitë natyrore. a nuk e sheh njeriu se ai është i qortuar. Ka ende kohë. Ka kohë për jetë. Bëj pjesën tuaj: Ruani ujin dhe energjinë, rikicloni mbeturinat, mos e ndotni mjedisin. Kërkoje qeverinë tënde që të përkushtohet me çështjet mjedisore. Është më e pakta që mund të bëjmë për veten dhe për botën. Kur shkova në mal, më mirë kuptoja dëshirën dhe limitet e mia. kuptova se ëndrrat janë bërë të mundur vetëm për aq kohë sa janë fisnikë dhe të drejtë. Shpella është e drejtë dhe nëse fitoj sfidën e tretë, do ta bëjë ëndrrën time të realizohet. Kur fitova sfidat e para dhe të dyta, arrita të kuptoja më mirë dëshirat e të tjerëve. Shumica e njerëzve ëndërrojnë të kenë pasuri, prestigj social dhe nivele të larta të komandës. Ata nuk shohin më se çfarë është më e mira në jetë: suksesi profesional, dashuria dhe lumturia. Çfarë e bën njeriun të veçantë të veçantë janë cilësitë e tij që shkëlqen përmes punës së tij. fuqia, pasuria, dhe optacioni social nuk e bën askënd të lumtur. Kjo është ajo që unë po kërkoj në malin e shenjtë: fusha e lumturisë dhe totale e "forcave kundërshtuese." Duhet të dal për pak. hap pas hap, këmbët më çojnë jashtë Shtëpiash që ndërtova. shpresoj për një shenjë të fatit.

Dielli ngrehet, era bëhet më e fortë dhe asnjë shenjë nuk duket. Si do ta fitoj sfidën e tretë? Si do të jetoj me dështimin nëse nuk jam në gjendje të realizoj ëndrrën time? përpiqem të heq mendimet negative nga mendja ime por frika është më e fortë. Kush ishte unë më parë ngjitesha në mal? Një i ri, i pasigurt, i frikësuar të përballet me botën dhe njerëzit e saj. Një djalosh i ri që një ditë luftoi në gjyq për të drejtat e tij, por atyre nuk u dha. E ardhmja më ka treguar se kjo ishte më e mira. Ndonjëherë fitojmë duke humbur. ma ka mësuar jeta. disa zogj më bërtasin. ata e kuptojnë shqetësimin tim. Nesër do të jetë një ditë e re, e shtata mbi mal. fati im është në rrezik me sfidën e tretë. lexues, që të fitoj.

Sfida e tretë

Shfaqet një ditë e re. temperatura është e këndshme dhe qielli është blu në të gjitha madhështinë e tij. Me përtesë, unë kam deri duke fërkuar sytë e mi përgjumur. erdhi dita e madhe dhe unë jam i përgatitur për këtë. para se të më duhet të përgatis mëngjesin. Me përbërësit që i kam arritur t'i gjej një ditë më parë, nuk do të jetë aq i pakta. I kam përgatitur tiganin dhe fillova të hap vezët e oreksit. Spërkatjet e shëndosha dhe gati më qëlloi syrin. Sa herë në jetë, të tjerët na lëndojnë me ankthi. unë ha mëngjesin, dhe përgatis strategjinë time. Sfida e tretë duket të jetë gjithçka tjetër veç e lehtë. vrasja për mua është e pakëndueshme. Epo, edhe unë do të duhet të përballem me të. Me këtë rezolutë, unë fillojnë të ecin dhe së shpejti unë jam jashtë Shtëpia. sfida e tretë fillon këtu dhe unë përgatitem për të. Do marr gjurmët e para dhe do të eci. Pemët pranë rrugës janë të gjerë me rrënjë të thella. Çfarë po kërkoj në të vërtetë? suksesi, fitore dhe arritje. megjithatë, unë nuk do të bëj asgjë që shkon kundër parimeve të mia. reputacioni im shkon para famës, suksesit dhe pushtetit. Sfida e tretë po më shqetëson. Vrasja për mua është krim edhe nëse është vetëm një kafshë. nga ana tjetër, dua të hyj në shpellë dhe të bëj kërkesën time. Kjo përfaqëson dy "forca kundërshtare" ose "rrugë të kundërta".

Do të qëndroj në gjurmë dhe të lutem që mos të gjej gjë. kush e di, ndoshta sfida e tretë do të hiqej. nuk mendoj se gardiani do të jetë aq zemërgjerë. rregullat duhet të ndjekin nga të gjithë. Unë ndaloj pak dhe nuk mund të besoj skenën që unë shoh: një oke lot dhe tre këlyshë qit e saj, duke kërcyer rreth meje. Kjo është. unë nuk do të vras nënën e tre këlyshëve. nuk e kam zemrën. lamtumirë sukses, shpellë dëshpërimi. Mjaft ëndërro. Nuk e përfundova sfidën e tretë dhe po largohem. Do kthehem në shtëpinë time dhe do të takoj të dashurit e mi. për të marrë valixhet. Nuk e kompletoj sfidën e tretë.

Kabina është shkatërruar. Cili është kuptimi i gjithë kësaj? një dorë më prek krahët lehtë. shikoj prapa dhe shoh rojtarin.

"Urimet e mia, e dashur. Ju e keni përmbushur sfidën dhe tani keni të drejtën të hyni në shpellën e dëshpërimit. Fitove!

Të fortin përqafim ajo më dha mua dhe më la edhe më të hutuar. Çfarë po thoshte kjo grua? Ëndrra dhe shpella ime mund të gjendet në fund të fundit? nuk e besova.

" Çfarë do të thuash? Nuk e përfundova sfidën e tretë. Shikoni duart e mia! Janë të pastra. nuk do ta njollos emrin me gjak.

" nuk e di? A mendon se një fëmijë i Perëndisë do të mund të bëjë një mëkat të tillë, për atë që unë e kërkova? Nuk kam dyshim se je mjaft i denjë për të kuptuar ëndrrat e tua, edhe pse mund të zgjasë ca kohë për ta realizuar. Sfida e tretë të vlerësoi tërësisht dhe demonstrove dashurinë e pakushtëzuar për krijesat e Zotit. Kjo është gjëja më e rëndësishme për një qenie njerëzore. vetëm një zemër e pastër do mbijetojë në shpellë. Mbaje zemrën dhe mendimet e tua pastrohen që ta mposhtin.

" faleminderit, zot! faleminderit, jetën, për këtë shans. të premtoj që nuk do të ëndërro zhgënjej.

Emocion më kapi ashtu siç nuk kishte kurre më parë se të ngjitesha në mal. A ishte vërtet e aftë të bënte mrekullia? Do ta zbuloja.

SHPELLA E DËSHIRAT

Pasi fitova sfidën e tretë isha gati të hyja në shpellën e frikshme dëshpërimi, shpella që realizon ëndrra të pamundura. Isha edhe një ëndërrimtar i cili do të provonte fatin e tyre. që kur u ngjita në mal nuk isha më i njëjti. tani kisha besim tek vetja ime dhe në universin e mrekullueshëm që më mbajti. Përqafimi i mëparshëm që gruaja e çuditshme më dha gjithashtu më la më të qetë. Ajo ishte atje nga ana ime duke më mbështetur në çdo mënyrë. Kjo ishte mbështetja që nuk e mora kurrë nga të dashurit e mi. valixhja ime e pandashme është nën dorën time. Ishte koha për mua të përshëndetem atë mal dhe misteret e saj. Sfidat, kujdestarin, fantazmat, vajzën e re dhe malin qe dukej sikur ishte gjalle, te gjithë me kane ndihmuar te rritem. isha gati të largohesha dhe të përballesha me shpellën e frikshme. rojtari është pranë meje dhe do të më shoqërojë në këtë udhëtim për në hyrjen e shpellës. Ne largohemi sepse dielli tashmë po zbret drejt horizontit. planet tona janë në harmoni të plotë. Bimët rreth gjurmëve që kemi udhëtuar dhe zhurma e kafshëve e bën mjedisin shumë rural. heshtja e gardianit gjatë gjithë kursit duket se parashikon rreziqet që rrethojnë shpellat. ndalojmë pak. Zërat e malit duken se duan të më thonë diçka. Unë e marr këtë mundësi për të thyer heshtjen.

"Mund të gjithë pyes diçka? çfarë janë këto zëra që më mundojnë kaq shumë?

"Dëgjon zëra. interesante. mali i shenjtë ka aftësinë magjike për të ribashkuar të gjithë zemrat e ëndrrave. Ju jeni në gjendje të ndjeni këto verbime magjike dhe t'i interpretoni ato. Po ti mos kij frikë atyre (dënimin nga Zoti), se mos pikëllo për ty. Përpiqu të përqendrohesh në mendimet e tua dhe aktiviteti i tyre do të jetë më i pakët. Ki kujdes. shpella është në gjendje të zbulojë dobësitë tuaja dhe t'i përdorë kundër jush.

"Premtoj që do kujdesem për veten. Nuk e di se çfarë më pret në shpellë, por kam besim se shpirtrat ndriçues do të më ndihmojnë. edhe fati im është në rrezik dhe në një farë mase edhe te pjesës tjetër të botës.

" Në rregull, ne jemi pushuar mjaft. Vazhdojmë të ecim, sepse nuk do të zgjasë shumë deri në perëndimin e diellit. shpella duhet të jetë rreth një e katërta milje që këtu.

Gjëmimi i hapave rinis. Një çerek milje ndau ëndrrën time nga realizimi i saj. Ne jemi në anën perëndimore të majës të malit ku erërat janë më të forta. mali dhe misteret e tij... Mendoj se kurrë nuk do ta di. çfarë më motivoi të ngjitem? Premtimi për të pamundurën të bëhet i mundur dhe aventurieri im dhe instinktet zbuluese. Në realitet, çfarë ishte e mundur dhe një rutinë e përditshme më vrisnin. Tani ndihesha e gjallë dhe e gatshme për të kapërcyer sfidat. shpella po afrohet. " Po shoh hyrjen e saj. duket e imponuar, por unë nuk jam dekurajuar. Një sërë mendimesh pushtoj gjithë qenien time. duhet të kontrolloj nervat e mia. Mund të më tradhtojnë në kohë. rojtari sinjalizon të ndalojë. i bindem.

" Kjo është më e afërta që mund të arrij te shpella. Dëgjoni mirë se ç'do të them, sepse nuk do ta përsëris atë: "Para se të hyjë në vete një engjëll mbrojtës i juaji. Do të tradhtojnë mbrojë nga rreziqet. Kur të hyni në të, kërkoni mirësi dhe që të mos bie në grackë. Pasi udhëtoni udhe shpejtën kryesore të shpellës, një sasi e caktuar kohe, ju do të hasni tre opsione: Lumturia, dështimi dhe frika. Zgjidh lumturinë. Nëse zgjedh dështimin, do të mbetesh një i çmendur i cili ëndërronte. Nëse zgjedh frikë, do të humbësh veten plotësisht. Lumturia jep qasje në dy skenarë të tjerë që janë të panjohur për mua. Mbaje mend: vetëm i pastër i zemrës mund të mbijetojë në shpellë. bëhu i mençur dhe përmbush ëndrrën tënde.

" kuptoj. Momenti që kam pritur prej se u ngjita në mal ka ardhur. faleminderit, kujdestar, për gjithë durimin dhe zellin tuaj me mua. nuk do të harroj kurrë ty dhe momentet që kemi kaluar bashkë.

Mërzitur ma mori zemrën, ndërsa unë i përshëndeta. Tani ishim vetëm unë dhe shpella, një duel që do të ndryshonte historinë e botës dhe gjithashtu të miat. E shikoj drejt dhe më merr elektrikun nga valixhja për të ndriçuar rrugën. Jam gati të hyj. këmbët më duken të ngrira para këtij gjiganti. duhet të mbledh forcën që të vazhdoj rrugën. Jam brazilian dhe kurrë nuk dorëzohem. I bëj hapat e parë dhe ndjej se dikush po më shoqëron. më trajton sikur të isha djali i tij. hapat e mi fillojnë të përshpejtohen dhe më në fund hyj në shpellë. Magjes imi fillestar është i mahnitshëm, por duhet të jem i kujdesshëm për shkak të kurtheve. lagështia e ajrit është e lartë dhe i ftohtë intensiv. stalaktitet dhe stalagmitet mbushen praktikisht kudo rreth meje. Kam shkuar rreth 50 jardë brenda dhe të dridhurat fillojnë të më japin gungë të patës në të gjithë trupin tim. Gjithçka që kam kaluar para se të ngjitem në mal, më vjen në mendje: poshtërimet, padrejtësitë dhe zilia e të tjerëve. Mesa duket, të gjithë armiqtë e mi janë brenda shpellës duke pritur për kohën më të mirë për të më sulmuar. Me një kërcim spektakle, unë kapërceva kurthin e parë. Zjarri i shpellës për pak më hëngri. Nadja nuk ishte aq me fat. duke u afruar në stalaktite nga tavani që më priti në peshën time, arrita të mbijetoja. duhet të zbres poshtë dhe të vazhdoj udhëtimin tim drejt të panjohurve. hapat e mia përshpejtojnë por me kujdes. Shumica e njerëzve janë me nxitim, me nxitim për të fituar, ose për të përfunduar objektivat. shkathtësia fantastike më ka shpëtuar nga një kurth i dytë. shtiza të panumërta ishin rëndë drejt meje. Njëri prej tyre erdhi aq afër sa të më kruante fytyrën. Shpella do të më shkatërrojë, duhet të jem më i kujdesshëm që tani e tutje. Ka qenë afërsisht një orë që kur hyra në shpellë dhe ende nuk kam arritur në pikën e të cilit foli gardiani. duhet të jem afër. Hapat e mia vazhdojnë, përshpejtohen, dhe zemra ime jep një shenjë paralajmëruese. ndonjëherë, nuk i kushtojmë vëmendje shenjave që trupi ynë jep. Kjo ndodh kur dështimi dhe zhgënjimi. për fat të mirë, nuk është ky rasti për mua. Fillova të vrapoj. Në disa momente, e kuptoj se po ndiqem nga një gur gjigand i cili përplaset me shpejtësi të madhe. vrapoj për pak dhe me një lëvizje të papritur unë mund të largohem nga shkëmbi, duke gjetur strehim në anë të shpellës. Kur guri të kalojë, pjesa e përparme e shpellës është e mbyllur dhe pastaj mu në tre dyert shfaqet. ata përfaqësojnë lumturinë, dështimin dhe frikën. Nëse unë zgjedh dështimin, unë kurrë nuk do të jem asgjë, por një i varfër i cili një ditë ëndërronte të bëhej shkrimtar. njerëzit do të marrin mëshirë për mua. Nëse zgjedh frikën, nuk do të rritem e as të njihem nga bota. Mund të godas fundin dhe të humbas veten përgjithmonë. Nëse zgjedh lumturinë do të vazhdoj me ëndrrën time dhe do të kaloj në skenarin e dytë.

Ka tre opsione: Një derë në të djathtë, në të majtë dhe një në mes. Secili prej tyre përfaqëson një nga opsionet: Lumturia, dështim apo frikë. duhet të bëj zgjedhjen e duhur. Kam mësuar me kohë të kapërcej frikën time: frika nga errësira, frika e të qenit vetëm dhe të frikës nga e panjohura. Gjithashtu, nuk kam frikë nga suksesi apo e ardhmja. frika duhet të përfaqësojë derën në të djathtë. Dështimi është rezultat i planit të keq. Kam dështuar disa herë, por nuk më ka bërë të heq dorë nga qëllimet e mia. Dështimi duhet të shërbejë si mësim për fitoren e mëvonshme. Dështimi duhet të përfaqësojë derën në të majtë. Më në fund, dera e mesme duhet të përfaqësojë lumturinë sepse ana e drejtë nuk kthehet nga e djathta e as nga e majta. sinqeriteti është gjithmonë i lumtur. mblidh fuqinë time dhe e zgjedh derën në mes. pas hapjes së saj kam qasje të mjaftueshme në një dhomë dhe në çati, është shkruar emri i lumturisë. Në qendër është çelësi që i jep hyrje në një derë tjetër. Kisha të drejtë. Bëra hapin e parë. Edhe unë dy. e marr çelësin dhe provoje tek dera. " Përshtatet perfektë. Do ta hap derën. më jep aksesh në një galeri të re. Fillova të shkoj poshtë. Një grup mendimesh më përmbytin mendjen: Cilat do jenë kurthet e reja që duhet të përballem? çfarë skenari do të më çojë ky galeri? Ka shumë pyetje pa përgjigje. Vazhdoj të eci dhe frymëmarrja bëhet e tensionuar sepse ajri është gjithnjë e më i paktë. Unë kam shkuar tashmë rreth një të dhjetën e një milje dhe unë duhet të qëndrojë i vëmendshëm. Dëgjova një zhurmë dhe bie në tokë për të mbrojtur veten. Është zhurma e lakuriqëve të vegjël që gjuajnë rreth meje. Do të ma thithin gjakun? mishngrënës janë? për fat të mirë, ata zhduken në pafundësinë e galerisë. Shoh një fytyrë dhe trupi im dridhet. Është fantazmë? Jo. Është mish dhe gjak dhe po vjen drejt meje, gati për të luftuar. Është një nga Luftëtar e shpellës. Ndeshja fillon. ai është shumë i shpejtë dhe u përpoq të më godasë në një vend vendimtar. përpiqem të shpëtoj nga sulmet e tij. Luftoj me disa lëvizje që mësova duke parë filma. strategjia funksionon. e frikëson dhe kthehet pak mbrapa. Ai kthehet me artet e tij luftarake, por unë jam i përgatitur për këtë. E godita në kokë me një shkëmb që e mora në shpellë. I ra pa ndjenja. Unë jam krejtësisht e neveritshme për dhunën, por në këtë rast, ishte krejtësisht e nevojshme. Do të doja të shkoja në skenarin e dytë dhe të zbuloja sekretet e shpellës. Po filloj të eci përsëri dhe të qëndroj i vëmendshëm dhe të mbroj veten kundër çdo kurthi të ri. Me lagështinë, era fryn dhe unë bëhem më i rehatshëm. i ndjej aktet e mendimeve pozitive të dërguar nga gardiani. shpella errësohet edhe më shumë, duke u transformuar veten. një labirint virtual tregon veten përpara. Një tjetër nga kurthet e shpellës. Hyrja e labirintit është krejtësisht e dukshme. por ku është dalja? Si mund të hyj dhe të mos humbas? kaloje labirintin dhe rrezikun. Unë ndërtoj kurajën dhe filloj të marr hapat e parë drejt hyrjes së labirintit. lexo, lexues, që gjeta daljen. Nuk kam strategji në mendje. Mendoj se duhet të përdor njohurinë time për të më nxjerrë nga kjo rrëmujë. Me kuraja dhe besim, unë kaloj në labirint. Duket më shumë konfuze brenda se sa jashtë. muret e tij janë të gjerë dhe kthehen në zigzag. Fillova të kujtoj momentet në jetën ku e gjeta veten të humbur si në një labirint. vdekja e babait tim, kaq i ri, ishte goditje e vërtetë në jetën time. Koha që kalova papunësinë dhe jo studimi gjithashtu më bëri të ndihem i humbur sikur në një labirint. edhe unë kam qenë në të njëjtën situatë. Vazhdoj të eci dhe nuk ka fund të labirintit. Je ndjerë ndonjëherë i dëshpëruar? Kjo është ajo që unë u ndjeva, plotësisht i dëshpëruar. Ja pse ka emrin shpellën e dëshpërimit. E mora pjesën e fundit të forcës dhe ngrihem. duhet të gjej rrugën me çdo kusht. Një ide e fundit më godet mua; unë shikoj deri në tavan dhe shoh shumë lakuriq. Do ndjek njërën prej tyre. Do ta quaj "magjistar". Një magjistar mund të pushtojë një labirint. Kjo më duhet. bat fluturon me shpejtësi të madhe dhe unë duhet të vazhdoj me të. Është mirë që jam fizikisht i përshtatur, pothuajse një atlet. Shoh dritën në fund të tunelit, ose më mirë, në fund të labirintit. Unë jam i shpëtuar.

Fundi i labirintit më ka çuar në një skenë të çuditshme në galerinë e shpellës. Një dhomë e bërë me pasqyra. Unë eci me kujdes, nga frika se kam thyer diçka. E shoh reflektimin tim në pasqyrë. kush jam unë tani? Një ëndërrimtar i varfër i ri gati për të zbuluar fatin e tij. dukem veçanërisht i shqetësuar. Çfarë do të thotë e gjithë kjo? muret, tavanin, dyshemenë gjithçka është e përbërë nga xhami. preka sipërfaqen e pasqyrës. Materiali është aq i brishtë por besnikësh pasqyron aspektin e vetes së tij. Në një imazh të dukshëm të dukshëm në tre nga pasqyrat, një fëmijë, një person i ri që mban një arkivol, dhe një burrë i vjetër. ata janë të gjithë mua. a është vizion? Vërtet, kam aspekte si pastërtia, pafajësia dhe besimi tek njerëzit. nuk mendoj se dua t'i heq qafe këto cilësi. I riu i 15"vjetorit përfaqëson një fazë të dhimbshme në jetën time: humbja e babait tim. Pavarësisht nga mënyrat e tij të ngurtë dhe të ngurtë, ai ishte babai im. akoma më kujtohet ai me nostalgji. Njeriu i moshuar përfaqëson të ardhmen time. Si do të jetë? a do të jem i suksesshëm? E martuar, e vetme apo e vjetshme? Nuk dua të jem një revoltë apo i lënduar plak. mjaft me këto imazhe. dhurata ime është tani. Unë jam një njeri i ri prej 25 vjeç, me diplomë në Matematikë, një shkrimtar. Nuk jam më fëmijë, as 15 vjeçare që humbi të atin. Nuk jam as plak, kam të ardhmen para meje dhe dua të jem i lumtur. Nuk jam asnjë nga këto tre imazhe. unë jam vetja ime. Me një ndikim, tre pasqyrat në të cilat individët u shfaqën thyerje dhe një derë. Është hyrja ime në skenarin e tretë dhe të fundit.

Unë e hap derën që i jep hyrje një galerie të re. Çfarë më pret në skenarin e tretë? së bashku, le të vazhdojmë, lexues. Fillova të eci dhe zemra ime përshpejtohet sikur të isha ende në skenën e parë. unë kam kapërcyer shumë sfida dhe gabime dhe tashmë e konsideroj veten një fitues. Në mendjen time, kërkoj kujtimet e së kaluarës kur luaja në shpella të vogla. situata tani është krejtësisht ndryshe. Shpella është e madhe dhe plot me kurthe. elektriku im i dorës është pothuajse i vdekur. Vazhdoj të eci dhe drejt, del një kurth të ri, dy dyer. "forcat kundërshtuese" bërtasin brenda meje. Është e nevojshme të bësh një zgjedhje të re. Një nga sfidat më vjen në mendje, dhe më kujtohet si kisha kurajën për ta kaluar. zgjodha rrugën në të djathtë. Situata është ndryshe pse unë jam brenda një shpelle të errët dhe të lagur. Unë e kam bërë zgjedhjen time por gjithashtu të filloj të kujtoj fjalët e rojtarit që foli për mësimin. duhet të di dy forcat që të kem kontroll total mbi ta. Unë zgjedh derën në të majtë. Unë e hap atë ngadalë, frikë nga ajo që mund të jetë fshehur. Siç e hap unë, mendoj një vizion: jam brenda një faltore, e mbushur me imazhe të shenjtorëve me një kupë në altar. A mund të jetë Gali i Shenjtë, kupat e humbur të Krishtit që u jep të rinjve të përjetshëm atyre që pijen nga ajo? Këmbët më dridhen. impulsivit, vrapoj drejt kupës dhe filloj të pi prej saj. vera ka shije qiellore, të zotave. Ndjehem i trullosur, bota rrotullohet, engjëjt këndojnë dhe terren e shpellës. Kam vizionin tim të parë: shoh një hebre të quajtur Krishti, së bashku me të dërguarit e tij, shërimin, çlirimin dhe mësimin e këndvështrimeve të reja për popullin e tij. E shoh të gjithë trajektoren e mrekullive të tij dhe dashurinë e tij. Gjithashtu shoh tradhtinë e Judas dhe Djallit që sillen pas shpinës. Më në fund, shoh ringjalljen dhe lavdinë e tij. Dëgjoj një zë që më thotë: i cili më shumë i gëzuar do të thotë: "dua të bëhem një dëshmitar!"

Mrekullia

Shpejt pas kërkesës time, dridhjet e tempullit, mbushen me tym dhe mund të dëgjoj zëra të ndryshuara. Ajo që zbulojnë është e vërtetë sekrete. një zjarr i vogël ngrihet nga kupa dhe më bie në dorë. Drita e saj është depërtimi dhe ndriçon të gjithë shpellën. muret e shpellës transformohen dhe i japin rrugë një dere të vogël që shfaqet. Hapet dhe era e forte fillon te me shtyje. Të gjitha përpjekjet e mia më kujtojnë: përkushtimi im për të studiuar, mënyra se si i kam ndjekur ligjet e Perëndisë, ngjitjen e malit, sfidat, dhe madje edhe këtë kalim në shpellë. E gjithë kjo më ka sjellë një rritje të mahnitshme shpirtërore. Unë isha i përgatitur të isha i lumtur dhe të përmbushja ëndrrat e mia. Shpella më e frikshme e dëshpërimit më detyroi të bëja kërkesën time. Më kujtohet gjithashtu në këtë moment sublim të gjithë ata që kanë kontribuar në fitoren time direkt apo indirekt: mësuesja ime e shkollës fillore. Sokorro, i cili më mësoi të lexoj dhe shkrimet, mësuesit e jetës dhe miqtë e mi të punës, familjen time dhe gardian që më ndihmoi të kapërceja sfidat dhe këtë shpellë. Era e fortë mban të më shtyjë drejt derës dhe së shpejti unë do të jem brenda në dhomën sekrete.

Forca që më shtyu më në fund pushoi. Dera mbyllet. Unë jam në një dhomë jashtëzakonisht të madhe që është e lartë dhe e errët. Në anën e djathtë është një maskë, një qiri dhe një Bibël. Në të majtë është një pelerinë, një biletë dhe një kryq. Në qendër, lart, është një aparat interesant i cili duket rrethor i bërë nga hekuri. Ec drejt anës së djathtë: vë maskën, kap qarin dhe hap Biblën në një faqe të rastësishme. Po eci drejt anës së majtë: i vë në pelerinë, shkruaj emrin dhe pseudonimin në biletë dhe siguroj kryqin me dorën tjetër. Eci drejt qendrës dhe pozicionoj veten pikërisht nën aparatin. Shkruaj katër letra magjike. Menjëherë, një rreth dritë lëshohet nga pajisja dhe më mbulon plotësisht. ndjej aromën e temjanit që digjet çdo ditë në kujtimin e ëndërrtareve të mëdhenj, martin luther king, nelson mandela, nënë tereza, francis of asisit dhe Krishti. trupi im dridhet dhe fillon të notojë. Ndjenjat e mia fillojnë të zgjohen dhe bashkë me to jam në gjendje të njoh ndjenjat dhe qëllimet më thellë. dhuratat e mia janë të forta dhe bashkë me ta unë jam në gjendje të bëj mrekullia në kohë dhe hapësirë. Rrethi mbyllet gjithnjë e më shumë dhe çdo ndjenjë faji, in tolerancës dhe frika fshihet nga mendja ime. Jam gati: një sekuencë e vizioneve fillojnë të shfaqen dhe të më hutojnë. Më në fund, rrethi shkon jashtë. Në një çast, një sekuencë e dyerve është e hapur dhe me dhuratat e mia të reja unë mund të shoh, të ndjehen dhe të dëgjojnë krejtësisht. ulërimat e personazheve që duan të shfaqen, kohëra të dalluara dhe vende fillojnë të shfaqen dhe pyetjet e rëndësishme fillojnë të kromojnë zemrën time. nisi sfida e të qenit të kthjellët.

Po dalim nga shpella

Me gjithçka te përfunduar, e gjitha qe mbeti tani ishte për mua te largohesha nga shpella dhe te bej udhëtimin tim te vërtete. ëndrra ime u dha dhe tani duhej të viheshin në punë. Fillova të eci dhe me pak kohë të lë pas dhomës sekrete. ndjej se asnjë njeri tjetër nuk do të ketë kënaqësinë ta hyjë në të. Shpella e dëshpërimit nuk do të jetë kurrë më e njëjta pasi të lë fitimtare, të sigurte dhe të lumtur. Kthehem në skenarin e tretë: imazhet e shenjtorëve mbeten të paprekura dhe duket të jenë të kënaqur me fitoren time. kupa ka rënë dhe ka rënë. vera ishte e shijshme. Unë punoj në skenarin e tretë dhe e ndjej atmosferën e vendit. Është vërtet aq e shenjtë sa shpella dhe mali. Bërtas për gëzim dhe jehonë e prodhuar shtrihet nëpër shpellë. bota nuk do të jetë më e njëjta gjë pas vëzhguesit. Unë ndaloj, mendoj dhe mendoj veten në çdo mënyrë. Me puthjen e fundit të lamtumirës, e lë skenarin e tretë dhe kthehem në të njëjtën derë në të majtë që zgjodha. Rruga e Sera nuk do të jetë e lehtë sepse do të jetë sfiduese të kontrollojë plotësisht forcat kundërshtare të zemrës dhe pastaj do t'ia mësojmë të tjerëve. Rruga në të majtë, e cila ishte opsioni im, përfaqëson njohuri dhe të vazhdueshme të mësuarit me forca të fshehta, pendim apo vdekje. ecja bëhet e rraskapitur, ndërsa shpella është e gjerë, e errët dhe e lagësht. Sfida e Para Murit mund të jetë më e madhe se ç'e kuptoj: sfida e pajtimit të zemrave, jetëve dhe ndjenjave. nuk është e gjitha: nuk kam ende për t'u kujdesur për rrugën time. galeria bëhet e ngushtë dhe me këtë edhe mendimet e mia. Ndjenjat e mia për rritjen e përmasimit të shtëpive, si dhe nostalgjisë për matematikën dhe jetën time personale. Së fundi, vjen nostalgjia e vetes sime. nxitoj hapat e mia dhe së shpejti do jem në skenarin e dytë. Pasqyrat e thyera tani përfaqësojnë pjesët e mendjes sime që janë ruajtur dhe zgjeruar: ndjenjat e mira, virtytet, dhuratat dhe aftësinë për të njohur kur unë kam gabuar. skenari i pasqyrave është një reflektim i shpirtit tim. këtë vetëdije do ta marr me vete gjithë jetën time. Akoma e kam kujtuar se janë figurat e fëmijës, te rinjtë 15 vjeçare dhe te moshuarit. Janë tre fytyrat e mia të shumta që i ruaj sepse ato janë historia ime. E lë skenarin e dytë dhe me të lë kujtimet. jam në galeri që të çon në skenarin e parë. pritjet e mia për të ardhmen dhe shpresat e mia janë rinovuar. Unë jam Seri, një qenie e evoluar dhe e veçantë, e destinuar të bëjë shumë shpirtra ëndërro. periudha pas shpellës do të shërbejë si trinim dhe përmirësim i aftësive para ekzistuese. Do të shkoj pak më tutje dhe të kap një paraqitje të shkurtër të labirintit. Kjo sfidë pothuajse më ka shkatërruar. Shpëtimi im ishte Magjistari, lakuriqi që më ndihmoi të gjeja daljen. Nuk më duhet më sepse me fuqitë e mia të pastërti mund t'i kaloj lehtë. Kam dhuratën e udhëheqjes në pesë aeroplanë. Sa shpesh ndihemi sikur kemi humbur në një labirint: kur humbim punën; kur jemi të zhgënjyer me dashurinë e madhe të jetës sonë; kur kundërshtojmë autoritetin e eprorëve tanë; kur humbim shpresën dhe aftësinë për të ëndërruar; kur ne ndalojmë së qeni nxënës për të drejtuar fatin tonë. Mbani mend: Universi paraqet personin, por ne duhet të shkojmë për të dhe të provojmë se jemi të denjë. Këtë bëra. Shkova në mal, shfaqa tre sfida, hyra në shpellë, mposhta kurthet e tij dhe arrita në rrugë tim. I futem labirintit dhe nuk më bën aq të lumtur që kur kam fituar tashmë sfidën. kam ndërmend të kërkoj horizonte të reja. Kam ecur rreth dy milje midis dhomës sekrete, skenarëve të dyta dhe të treta dhe me këtë realizim, ndihem pak i lodhur. Ndjej trakze djersë poshtë; gjithashtu ndjej presionin e ajrit dhe lagështinë e ulët. I afrohem nëndhes, kundërshtarit tim të madh. ai duket ende i rrëzuar. Më vjen keq që të trajtova në këtë mënyrë por ëndrra ime, shpresa dhe fati im ishte në rrezik. Duhet të marrim vendime të rëndësishme në situata të rëndësishme. Frika, turpi dhe morali futet në rrugë vetëm në vend që të ndihmojnë. Ia përkëdhela fytyrën dhe mundohem t'ia rikthej jetën në trupin e tij. Unë veproj kështu sepse ne nuk jemi më kundërshtarë, por shokë të këtij episodi. Ngrihet dhe me një hark të thellë më uron. Grithsha u la pas: lufta, forcat tona kundërshtuese, gjuhët tona të ndryshme dhe objektivat tona të dalluara. jetojmë në një situatë të ndryshme nga më të hershmet. Ne mund të flasim, të kuptojmë njëri-tjetrin dhe kush e di, ndoshta edhe të jemi shokë. Kështu, provojeni këtë: Bëni armikun tuaj të ngushtë dhe të ngushtë dhe të besueshëm. Më në fund, më përqafon, më përshëndet dhe më uron fat. Unë reciprocitet. Ai do të vazhdojë të formojë një pjesë të misterit të shpellës dhe unë do të formoj një pjesë të misterit të jetës dhe të botës. Ne jemi "forca kundërshtare" që e kanë gjetur njëri-tjetrin. Ky është qëllimi im në këtë libër: të ribashkoj "forcat kundërshtare." Vazhdoj të eci në galeri që i jep hyrje skenarit të parë. ndihem i sigurt dhe plotësisht i qetë kur hyra në shpellë. frika, errësira dhe e paparashikuara të më trembin. Tre dyert që do të kenë lumturi, frikë dhe dështim më ndihmuan të zhvillohem dhe të kuptoj ndjenjën e gjërave. Dështimi përfaqëson gjithçka nga e cila ne ia mbathim pa e ditur pse. Dështimi duhet të jetë gjithmonë një moment për të mësuar. Ky është pika në të cilën njeriu zbulon se nuk është e përkryer, që rruga nuk është e tërhequr dhe ky është momenti i rindërtimit. Kjo është ajo që duhet të bëjmë gjithmonë: Të rilindim. merrni për shembull pemë: ata humbasin gjethet e tyre, por jo jetën e tyre. të bëhemi ashtu siç janë: duke ecur metamorfoze. Jeta kërkon këtë. frika është e pranishme kur ndihemi i kërcënuar ose të shtypur. Kjo është pika nisisë për dështime të reja. Përfshi frikët dhe zbulo se ato ekzistojnë vetëm në imagjinatën tënde. Kam mbuluar një pjesë të mirë të galerisë së shpellës dhe në këtë moment, kaloj përmes derës së lumturisë. Gjithkush mund të kalojë nëpër këtë derë dhe të bindet se lumturia ekziston dhe mund të arrihet nëse ne jemi plotësisht në përputhje me universin. Është relativisht e thjeshtë. Punëtori, pastruesi është i lumtur të përmbushë misionet e tyre; fermeri, lulëtari, lodruesi i sheqerit, kauboji është i lumtur të mbledhë prodhimin e punës së tyre; mësuesi në mësim dhe mësimdhënie; shkrimtari në shkrim dhe lexim; prifti shpall mesazhin hyjnor, jetimët dhe lypësit janë të lumtur në marrjen e fjalëve të dashurisë dhe kujdesit. Lumturia është brenda nesh dhe pret që të zbulohen vazhdimisht. Të jemi të lumtur vërtet duhet të harrojmë urrejtjen, thashethemet, dështimet, frikën dhe turpin. Vazhdoj të eci dhe shoh të gjitha kurthet që menaxhoj dhe të pyes veten se çfarë janë bërë njerëzit nëse nuk kanë besime, rrugë apo fat. Asnjë prej tyre nuk i kishte mbijetuar kurtheve sepse nuk kanë një rrjetë sigurie, dritë apo forcë që i mbështet. Njeriu nuk është asgjë nëse është vetëm. Ai bën diçka nga vetja kur është i lidhur me forcat e njerëzimit. ai mund të zërë vendin vetëm nëse është në harmoni të plotë me universin. Kështu ndihem tani: Në harmoni të plotë sepse shkova në mal, fitova tre sfidat dhe e rraha shpellën, shpella që ma bëri ëndrrën realitet. Ecja ime po i afrohet fundi sepse shoh dritë që vjen nga hyrja e shpellës. Së shpejti do të jem jashtë kësaj.

Bashkimi me mbrojtësin

Jam jashtë shpellës. Qielli është blu, dielli është i fortë dhe era është veriperëndim. Unë filloj të mendoj të gjithë botën jashtë dhe të kuptoj se sa e bukur dhe e gjerë është universi. Ndjehem si një pjesë e rëndësishme e saj sepse shkova në mal, i bëra tre sfidat, u testua nga shpella dhe fitoi. Gjithashtu ndihem i transformuar në çdo mënyrë sepse sot nuk jam vetëm ëndërrimtar, por vizionar, i bekuar me dhurata. Shpella ka bërë një mrekulli. mrekullitë ndodhin çdo ditë, por nuk e kuptojmë. Një gjest vëllazëror, shiu që ringjall jetën, lëmoshat, mirëbesimi, lindje, dashuri e vërtetë, kompliment, kompliment, malet e papritura, besimi që lëvizin malet, fatin dhe fatin; të gjitha përfaqëson mrekullinë që është jeta. Jeta është shumë bujare.

Unë vazhdoj ta mendoj atë të jashtmin, plotësisht i frikësuar. Unë jam i lidhur me universin dhe atë me mua. Ne jemi një me të njëjtat qëllime, shpresa dhe besime. Jam kaq i përqendruar sa që nuk e vë re kur një dorë e vogël prek trupin tim. Unë mbetem në kujtimin tim të veçantë shpirtëror dhe unik, derisa një rebalancim i vogël i shkaktuar nga dikush më heq nga boshti. Unë i drejtohem pyetjes, shoh një djalë dhe një kujdestar. Mendoj se kanë qenë në anën time për një kohë të gjatë dhe unë nuk e kam kuptuar atë.

Pra, mbijetove në shpellë. urime! Po shpresoja që do ta bëje. Midis të gjithë luftëtarëve që u përpoqën të hynin në shpellë dhe të kuptojnë ëndrrat e tyre, ti ishe më i afti. Megjithatë, duhet ta dish se shpella është vetëm një hap mes shumë njerëzve që do të përballeni me jetën. Dija është ajo që të jep fuqi të vërtetë dhe kjo është diçka që askush nuk mund ta marrë nga ti. sfida është nisur. Jam këtu për t'ju ndihmuar. Shiko këtu, të kam sjellë këtë fëmijë që të shoqërojë në udhëtimin tënd të vërtetë. Ai është me të vërtetë i ndihmuar. Misioni juaj është të ribashkojë "forcat kundërshtuese" dhe t'i bësh fruta në një herë tjetër. Dikush ka nevojë për ndihmën tënde dhe prandaj unë do të rebalancim dërgoj.

" Falemnderit. Shpella më realizoi ëndrrën. tani jam vëzhguesi dhe jam gati për sfida të reja. çfarë është ky udhëtim i vërtetë? kush është ky dikush që ka nevojë për ndihmën time? çfarë do të më ndodhë?

"Pyetje, pyetje, pyetje, e dashur. Do t'i përgjigjem njërit prej tyre. Me fuqitë e tua të reja, do të bësh një udhëtim prapa në kohë për të shtrembëruar padrejtësitë dhe për të ndihmuar dikë të gjejë veten. Pjesën tjetër do ta zbulosh vetë. Ke 30 ditë kohë për ta kryer misionin. mos e humb kohën.

" kuptoj. Kur mund të shkoj?

" sot. koha po kalon.

Kjo tha, gardiani më dha fëmijën dhe më tha mirupafshim miqësisht. çfarë më pret për këtë udhëtim? a e shihni se ç'po thur? Mendoj se fuqitë e mia do të jenë të nevojshme për të bërë mirë këtë udhëtim.

Duke u thënë lamtumirë malit

Mali merr frymë me qetësi dhe paqe. Që kur erdha këtu kam mësuar ta respektoj. Mendoj se kjo gjithashtu më ndihmoi ta shkarkoj, të kapërcej sfidat dhe të hyj në shpellë. ishte vërtet e shenjtë. U bë kaq për shkak të vdekjes së një shamani misterioz që bëri një pakt të çuditshëm me forcat e universit. Ai premtoi se do t'i jepte jetën e tij në këmbim të restaurimit të paqes në fisin e tij. Për shekuj Xukuru mbizotëroi në rajon. Në atë kohë fiset e tyre ishin në luftë për shkak të një magjistari nga fisi verior i Kualoput. Ai donte fuqi dhe kontroll total mbi fiset. Planet e tyre përfshinin gjithashtu mbizotërimin e botës me artet e tyre të errëta. kështu filloi lufta. fisi jugor u hakërrua sulmet dhe vdekja filluan. i gjithë kombi i xukuru u kërcënua të zhdukte. pastaj shamani i jugut ribashkoi forcat e tij dhe bëri paktin. Fisi jugor fitoi mosmarrëveshjen, magjistari u vra, Shamani pagoi çmimin e premtimit të tij dhe paqja u rivendos. që atëherë mali i ororubá u bë i shenjtë.

Jam akoma në buzë të shpellës duke analizuar situatën. Kam një mision për të arritur dhe një djalë për të kujdesur edhe pse unë nuk jam ende baba. analizoj djalin nga koka deri te gishti dhe menjëherë e kuptoj. Është i njëjti fëmijë që u përpoqa të shpëtoja nga kthetrat e atij njeriu mizor. mua më duket se ai është memec sepse unë ende nuk e dëgjoj të flasë. përpiqem të thyej heshtjen.

"Bir, prindërit e tu kanë rënë dakord të or ruba lënë të udhëtosh me mua? Shiko, do të or ruba marr vetëm nëse është e nevojshme.

" Unë nuk kam familje. nëna ime vdiq tre vjet më parë. pas kësaj, babai im u kujdes për mua. megjithatë, unë u abuzova aq shumë saqë vendosa të arratisesha. gardiani kujdeset për mua tani. Kujtoje atë që më tha, kur të nevojitem në këtë udhëtim.

" Më vjen keq. Më thuaj, si të keqtrajtoi babai yt?

Më bëri të punoj 12 orë në ditë. Ushqimi ishte i paktë. Nuk më lejohej të luaja, të studioja apo të kisha miq. ai më rrihte shpesh. Përveç kësaj, ai kurrë nuk më dha ndonjë lloj dashurie që një baba duhet të japë. kështu që, vendosa të largohem.

" E kuptoj vendimin tënd. pavarësisht të qenit fëmijë, ti je shumë i mençur. Nuk do të vuash më me këtë përbindësh të babait. të premtoj se do të kujdesem mirë për ty në këtë udhëtim.

" të kujdesesh për mua? Dyshoj.

"Si quhesh?

" Renato. Ky ishte emri që gardiani zgjodhi për mua. Para se të mos kisha ndonjë emër apo ndonjë të drejtë. Po ti?

" Aldivan. por mund të më quash sera apo fëmija i zotit.

" Në rregull. Kur do të largohemi, shikon?

" së shpejti. tani duhet të përshëndes malin.

Me një gjest, bëra një sinjal që Renato të më shoqëronte. Do të sillesha rreth të gjitha shtegut dhe qoshet malore para se të nisesha për në një rrugë të panjohur.

Një udhëtim mbrapa në kohë

Sapo i kam thënë lamtumirën e malit. Ishte e rëndësishme në rritjen time shpirtërore dhe kontribuoi për njohuritë e mia. Do të kem kujtime të mira për të: majat e tij të rehatshme ku përfundova sfidat, takova rojtarin dhe gjithashtu ku hyra në shpellë. nuk mund ta harroj fantazmën, vajzën e re apo fëmijën, që tani më shoqëron. Ata ishin të rëndësishëm në të gjithë procesin sepse më bënë të reflektoj dhe të kritikoj vetë. Ata bashkëpunuan në njohuritë e mia për botën. Tani isha gati për një sfidë të re. Koha e malit mbaroi, gjithashtu shpella, dhe tani do te udhëtoj ne kohe. Çfarë më pret? Do të kem shumë aventura? koha do ta tregojë. Do të largohem nga maja e malit. E marr me vete pritjet e mia, çantën, gjërat e mia dhe djalin që nuk do të më lëshojnë. Nga lart, shoh rrugën dhe përmbajtjen e saj në fshatin Mimoso. Duket e vogël, por është e rëndësishme për mua sepse atje shkova ne mal, fitoi sfidat, hyri ne shpelle dhe takoi kujdestarin, fantazmën, vajzën e re dhe djalin. E gjitha kjo ishte e rëndësishme për mua që të bëhem vëzhguesi. Ai që ka qenë i gatshëm për të kuptuar zemrat dhe qëllimet më të këqija dhe për të kaluar (në të mirë). Vendimi u mor. Do të largohesha.

Unë e marr krahun e fëmijës fort dhe filloj të përqendrohem. Një erë e ftohtë godet dielli, dielli ngrohet pak dhe zërat e malit fillojnë të veprojnë. pastaj në fund dëgjoj një zë të dobët që thërret për ndihmë. përqendrohem në këtë zë dhe filloj të përdor fuqitë e mia për ta gjetur. Është i njëjti zë që kam dëgjuar në shpellën e dëshpërimit. është zëri i një gruaje. Jam në gjendje të krijoj një rreth dritë rreth meje për të na mbrojtur nga ndikimet e udhëtimit nëpër kohë. Fillova të përshpejtoj shpejtësinë tonë. Duhet të arrijmë shpejtësinë e dritës që të kalojmë përmes barrierës së kohës. presioni i ajrit rritet pak nga pak. Po më merren mendtë, humba dhe konfuz. Për një moment, unë shkel botët dhe aeroplanët paralel me tonat. I shoh shoqëri të padrejta dhe tiranët si në vendin tonë. E shoh botën e shpirtrave dhe të shoh se si punojnë në planifikimin e përkryer të botës tonë. shoh zjarr, dritë, errësirë dhe perde tymi. Ndërkohë, shpejtësia jonë përshpejton edhe më shumë. jemi afër shpejtësisë së dritës. bota kthehet dhe për një moment e shoh veten në një perandori kineze të vjetër, duke punuar në fermë. Edhe një tjetër kalim i dytë dhe jam në Japoni, duke i shërbyer për të ngrënë perandorit. Shpejt unë ndryshoj vendndodhjet dhe jam në një ritual, në Afrikë, në një seancë adhurimi Engjëll mbrojtës. Unë vazhdoj të jetoj vazhdimisht në kujtesën time. shpejtësia rritet edhe më shumë dhe në një moment të shkurtër kemi arritur ekstaza.

Bota ndalon rotacionin, rrethi shpërbëhet dhe ne biem në tokë. udhëtimi në kohë përfundoi.
   Fundi

www.ingramcontent.com/pod-product-compliance
Lightning Source LLC
LaVergne TN
LVHW020441080526
838202LV00055B/5294